LE CHEMIN

Collection dirigée par Georges Lambrichs

JEAN STAROBINSKI

Les mots sous les mots

Les anagrammes
de Ferdinand de Saussure

GALLIMARD

AVANT-PROPOS

Ferdinand de Saussure a très probablement commencé sa recherche sur les anagrammes en 1906, et l'a poursuivie jusqu'aux premiers mois de 1909. Il y a passé un temps considérable, à en juger par le nombre de cahiers qu'il a consacrés à ce problème. Certes, ces cahiers sont d'épaisseur assez variable, et leurs feuillets ne sont pas tous remplis. La somme de travail reste néanmoins impressionnante.

Ces cahiers, classés par Robert Godel, sont déposés à la Bibliothèque Publique et Universitaire de Genève. Ils sont répartis dans huit boîtes, désignées chacune par une cote différente :

Ms. fr. 3962. Vers saturniens *(17 cahiers et une liasse).*

Ms. fr. 3963. Anagrammes : Homère *(24 cahiers).*

Ms. fr. 3964. Anagrammes : Virgile *(19 cahiers),* Lucrèce *(3 cahiers),* Sénèque et Horace *(1 cahier),* Ovide *(3 cahiers).*

Ms. fr. 3965. Anagrammes : auteurs latins *(12 cahiers).*

Ms. fr. 3966. Anagrammes : Carmina epigraphica *(12 cahiers).*

Ms. fr. 3967. Hypogrammes : Ange Politien *(11 cahiers).*

Ms. fr. 3968. Hypogrammes : Traductions de Thomas Johnson *(13 cahiers).*

Ms. fr. 3969. Hypogrammes : Rosati, Pascoli *(tableaux écrits sur de grandes feuilles).*

On peut y rattacher 26 cahiers consacrés à la métrique védique (Ms. fr. 3960 et 3961).

Pour les extraits que nous commentons, nous ne nous sommes pas astreint à donner une description paléographique de nos documents. Nous ne mentionnⁿns le numérotage et la pagination des cahiers que lorsque nous lᵉs avons rencontrés. Nous nous contentons de signaler le titre du cahier et, de façon sommaire, l'aspect de sa couverture, de façon à faciliter la tâche de repérage pour les futurs chercheurs.

L'essentiel de ces cahiers est occupé par des exercices de déchiffrage. Nous citons ici un vaticinium saturnien, deux passages de Lucrèce, un texte de Sénèque, un poème néo-latin de Politien, tels qu'ils apparaissent dans les cahiers de Saussure, avec l'analyse phonique qui les escorte. Ce n'est là qu'une faible partie des lectures anagrammatiques : elles peuvent néanmoins servir d'exemple pour toutes les autres.

L'exposé théorique a pris une forme achevée dans le Premier cahier à lire préliminairement *(Ms. fr. 3963). Il pourrait avoir été préparé en vue d'une publication, — à laquelle Ferdinand de Saussure a préféré renoncer. D'autres textes, d'un caractère tout provisoire et souvent très raturés, sont dispersés dans l'ensemble des cahiers. Ils occupent fréquemment les pages de garde du début ou de la fin. Le très grand intérêt de ces textes nous a engagé à les publier dans leur quasi-totalité, en y incluant même des fragments très hâtivement rédigés. Pour ne pas compliquer la lecture, nous ne ferons état qu'à titre exceptionnel des termes raturés.*

Les recherches sur les Niebelungen, dans lesquelles Saussure s'est efforcé de trouver la preuve que les personnages et les événements légendaires avaient pour soubassement des personnages et des événements historiques (notamment dans les dynasties des Francs et des Burgondes), occupent deux boîtes cataloguées Ms. fr. 3958 (8 cahiers) et Ms. fr. 3959 (10 cahiers et de nombreux feuillets répartis en deux enveloppes). Ces recherches se poursuivaient en 1910, comme l'atteste la date (oct. 1910) figurant exceptionnellement sur l'étiquette d'un de ces cahiers. Nous en avons extrait la *plupart des réflexions théoriques de caractère général : elles font saisir l'analogie frappante qui marque les deux recherches où Saussure, à partir de textes poétiques, s'est efforcé d'établir l'intervention de mots, de noms ou de faits antécédents. Il y aurait lieu de se demander si les difficultés rencontrées dans l'exploration de la diachronie longue de la légende, et dans celle de la diachronie courte de la composition anagrammatique, n'ont pas contribué, par réaction, à engager Saussure plus résolument vers l'étude des aspects synchroniques de la langue. Il convient ici de signaler que le* Cours de linguistique générale, *exposé entre 1907 et 1911, est, pour une bonne part, postérieur à la recherche sur les anagrammes.*

Le présent volume, augmenté de plusieurs textes inédits de Saussure, reprend et réorganise la substance de cinq de nos articles :

1º « *Les anagrammes de Ferdinand de Saussure* ». Mercure de France, *février 1964, p. 243-262.*

2º « *Les mots sous les mots* ». To honor Roman Jakobson. *La Haye, Paris, Mouton, 1967, p. 1906-1917.*

3º « *Le texte dans le texte* ». Tel Quel, *nº 37, p. 3-33.*

4º « *Le nom caché* ». L'analyse du langage théologique. Le nom de Dieu. *Paris, Aubier, 1969, p. 55-70.*

5º « *La puissance d'Aphrodite et le mensonge des coulisses. Ferdinand de Saussure lecteur de Lucrèce* ». Change, 6. Paris, *1970, p. 91-118.*

« Le souci de la répétition »

Sur une feuille déchirée, non datée, l'on trouve cette note de Ferdinand de Saussure :

absolument incompréhensible si je n'étais obligé de vous avouer que j'ai une horreur maladive de la plume, et que cette rédaction me procure un supplice inimaginable, tout à fait disproportionné avec l'importance du travail.

Quand il s'agit de linguistique, cela est augmenté pour moi du fait que toute théorie claire, plus elle est claire, est inexprimable en linguistique; parce que je mets en fait qu'il n'existe pas un seul terme quelconque dans cette science qui ait jamais reposé sur une idée claire, et qu'ainsi entre le commencement et la fin d'une phrase, on est cinq ou six fois tenté de refaire [1]

Il faut garder en mémoire ces aveux et cette phrase interrompue, au moment de parcourir les cahiers de la recherche des anagrammes, avec ce qu'ils nous offrent de laborieux et d'inachevé. Saussure sent la clarté lui échapper, et pourtant il la voit s'offrir d'assez près. L'évidence ne suffit pas, il faut encore en formuler, adéquatement, la loi. Or la linguistique ne lui paraît pas encore posséder son vrai langage. (Saussure allait s'employer à lui en donner un, dans

---

[1]. Texte interrompu. Ms. fr. 3957/2 : Brouillons de lettres de F. de Saussure.

le Cours *qu'il présentera à ses étudiants entre 1907 et 1911. Mais l'on sait qu'il n'a pas donné lui-même forme de livre à son enseignement.)*

Quoi de plus évident, par exemple, que le discours? Mais définir le discours est une tâche ardue. Saussure, dans un texte isolé, pose ainsi le problème :

> La langue n'est créée qu'en vue du discours, mais qu'est-ce qui sépare le discours de la langue, ou qu'est-ce qui, à un certain moment, permet de dire que la langue *entre en action comme discours?*
>
> Des concepts variés sont là, prêts dans la langue (c'est-à-dire revêtus d'une forme linguistique) tels que *bœuf, lac, ciel, rouge, triste, cinq, fendre, voir.* A quel moment, ou en vertu de quelle opération, de quel jeu qui s'établit entre eux, de quelles conditions, ces concepts formeront-ils le *discours?*
>
> La suite de ces mots, si riche qu'elle soit par les idées qu'elle évoque, n'indiquera jamais à un individu humain qu'un autre individu, en les prononçant, veuille lui *signifier* quelque chose. Que faut-il pour que nous ayons l'idée qu'on veut signifier quelque chose, en usant de termes qui sont à disposition dans la langue? C'est la même question que de savoir ce qu'est le *discours*, et à première vue la réponse est simple : le discours consiste, fût-ce rudimentairement et par des voies que nous ignorons, à affirmer un lien entre deux des concepts qui se présentent revêtus de la forme linguistique, pendant que la langue ne fait préalablement que réaliser des concepts isolés, qui attendent d'être mis en rapport entre eux pour qu'il y ait signification de pensée [1].

Mais qu'est-ce que la langue séparée du discours? Le préalable du discours est-il bien la langue, ou ne serait-ce pas plutôt un discours

1. Ms. fr. 3961. Cahier d'écolier sans titre.

*antécédent ? La langue, simple répertoire de concepts isolés, séparée
du discours (de la parole) est une abstraction. L'audace de Saussure
consiste à traiter cette abstraction comme un matériau concret, une*
materia prima. *Il n'y aurait pas eu de langue — pour le linguiste —
si les hommes n'avaient préalablement discouru. Mais sitôt posée
la réalité de la langue, il apparaît que tous les discours se construisent
à partir de la langue et de ses éléments matériels épars... « Affirmer
un lien entre deux des concepts qui se présentent revêtus de la forme
linguistique » est un acte qui ne peut s'accomplir que par la* mise
en œuvre *d'un matériau. C'est un* emploi *à la fois libre et réglé.
Un « jeu » qui a valeur d' « opération ».*

*Il faut donc débusquer les lois constitutives de la mise en œuvre.
Le passage des « concepts isolés » au discours n'est pas seulement
intéressant pour lui-même : il est le modèle qui permet de comprendre
d'autres mises en œuvre. Quand Saussure réfléchit sur l'évolution
de la* légende, *il y découvre aussi un problème de lien et d'organisa-
tion à partir de matériaux premiers. Ceux-ci sont alors désignés
par le terme* symbole. *En tête d'un des cahiers inédits qui explorent
la légende des Niebelungen, l'on trouve cette note, très importante
jusque dans ses imperfections et ses tâtonnements :*

— La légende se compose d'une série de symboles,
dans un sens à préciser.

— Ces symboles, sans qu'ils s'en doutent, sont soumis
aux mêmes vicissitudes et aux mêmes lois que toutes les
autres séries de symboles, par exemple les symboles qui
sont les mots de la langue.

— Ils font tous partie de la *sémiologie.*

— Il n'y a aucune méthode à supposer que le symbole
doive rester fixe, ni qu'il doive varier indéfiniment, il
doit probablement varier dans de certaines limites.

— L'identité d'un symbole ne peut jamais être fixée
depuis l'instant où il est symbole, c'est-à-dire versé dans
la masse sociale qui en fixe à chaque instant la valeur.

Ainsi la rune Y est un « symbole ».

Son IDENTITÉ semble une chose tellement tangible,

et presque ridicule pour mieux l'assurer consiste en ceci[1] :
qu'elle a la forme Y; qu'elle se lit Z; qu'elle est la lettre
numérotée huitième de l'alphabet; qu'elle est appelée
mystiquement zann, enfin quelquefois qu'elle est citée
comme première du mot.

Au bout de quelque temps : ... *elle* est la 10e de l'alphabet... mais ici déjà ELLE commence à supposer une unité
que

Où est maintenant l'identité? On répond en général par
sourire, comme si c'était une chose en effet curieuse, sans
remarquer la portée philosophique de la chose, qui ne
va à rien de moins que de dire que *tout symbole*, une fois
lancé dans la circulation — or aucun symbole n'existe que
parce qu'il est lancé dans la circulation — est à l'instant
même dans l'incapacité absolue de dire en quoi consistera
son identité à l'instant suivant.

C'est dans cet esprit général que nous abordons une
question de légende quelconque, parce que chacun des
personnages est un symbole dont on peut voir varier, —
exactement comme pour la rune — *a*) le nom, *b*) la position
vis-à-vis des autres — *c*) le caractère; *d*) la fonction, les
actes. Si un *nom* est transposé, il peut s'ensuivre qu'une
partie des actes sont transposés, et réciproquement, ou que
le drame tout entier change par un accident de ce genre.

Donc en principe, on devrait purement renoncer à
suivre, vu que la somme des modifications n'est pas
calculable. En fait, nous voyons qu'on peut relativement
espérer suivre, même à de grands intervalles de temps
et de distance[2].

---

1. Phrase incohérente. Citation textuelle.
2. Ms. fr. 3958/4. Un feuillet détaché (Ms. fr. 3959/11) résumera les conclusions que Saussure croira pouvoir tirer de ses recherches : « Notre affirmation
[...] est particulière et précise, et sans système. Un livre contenant les aventures de Thésée, *et seulement les aventures de Thésée*, a été à la base d'une des
grandes branches de la légende héroïque " germaine ". Le reste de cette légende
est d'une autre source, celle-ci purement germanique, et même *historiquement
germanique* par les événements mêmes qu'elle raconte. »

Ce que Saussure souligne ici, c'est la façon dont la relation (la mise en circulation, l'immersion dans la « masse sociale ») relativise l'identité des éléments mis en œuvre. Les personnages historiques ont été happés par la légende, présume Saussure. Puis les récits légendaires se transmettent et se transforment. Dans l'agencement narratif, le symbole-matériau n'est pas seulement utilisé, il subit une modification. Car l'agencement est modifiable, et devient lui-même modifiant. Il suffit de faire varier les rapports « externes » du matériau primitif pour que les caractères apparemment « intrinsèques » deviennent différents. L'identité du symbole se perd dans la vie diachronique de la légende.

Le rapport que Saussure présume entre les événements historiques et leur transposition légendaire préfigure celui qu'il supposera entre l'hypogramme (ou mot-thème) et le texte poétique développé. Dans les deux cas la recherche s'oriente non vers une faculté psychique génératrice (l'imagination) mais vers un fait (verbal, historique) antécédent :

Nul ne songe à supposer une parfaite coïncidence de la légende avec l'histoire, eussions-nous les preuves les plus certaines que c'est un groupe défini d'événements qui lui a donné naissance. Quoi qu'on fasse, et par évidence, ce n'est jamais qu'un certain degré d'approximation qui peut intervenir ici comme décisif et convaincant. Mais l'échelle de ces degrés vaut grandement la peine d'être envisagée. Voir si, oui ou non, une autre concentration [1] historique que celle que nous avons tentée, serait tout aussi capable d'expliquer la légende en ses éléments, c'est une épreuve extrêmement intéressante pour notre thèse, une de celles qui, en l'absence de toute démonstration rigoureuse possible en un tel domaine, peut passer au moins pour un genre de vérification naturel et non négligeable [2].

1. Ce mot remplace *plexus*, biffé.
2. Ms. fr. 3958/1. Cahier d'écolier intitulé *Niebelungen*.

N. B. Parmi toutes les choses changeables, ou sujettes à modification, que tient en elle la légende, se trouve A ÉGAL TITRE le *motif* des actions. De même que le motif restant le même, on voit souvent changer la nature de l'acte, — par exemple.

———

Les deux genres de modifications historiques de la légende qui peuvent passer probablement pour les plus difficiles à faire admettre sont

1° La substitution de noms.

2° Une action restant la même, le déplacement de son *motif* (ou *but*).

— A chaque instant, par défaut de mémoire des précédents ou autrement, le poète qui ramasse la légende ne recueille pour telle ou telle scène que les *accessoires* au sens le plus propre théâtral; quand les acteurs ont quitté la scène il reste tel et tel objet, une fleur sur le plancher, un [   ][1] qui reste dans la mémoire, et qui dit plus ou moins ce qui s'est passé, mais qui, n'étant que partiel, laisse marge à —

— Il ne faut surtout jamais se défier, sauf cas particulier, de l'intention de l'auteur ou du narrateur de suivre ce qui était dit avant lui, tant qu'il le peut, et c'est de ce côté qu'une tendance conservatrice profonde règne à travers tout le monde de la légende.

Mais Imagination *sur lacune* de mémoire est le principal facteur de changement avec volonté de rester autrement dans la tradition.

Dans le domaine linguistique, on voit fleurir, exactement de même, toute une catégorie de formations ingé-

———

1. Espace laissé blanc dans le texte.

nieuses provoquées par le *défaut de mémoire*. Il s'agit de domaines lexicographiques comme ceux des noms de plantes, noms de minéraux, nom de petites bêtes : connus seulement [   ] [1], n'étant qu'à moitié appris de la masse des sujets parlants, et alors, sans que le nom cesse d'être transmis, il est soumis à une loi de transmission totalement différente de celle du mot ordinaire et qui aboutit à des séries d'étymologies populaires *compactes* [2]

Une loi d'indétermination se formule dans un fragment plus élaboré, qui insiste particulièrement sur le rapprochement à établir entre la vie de la langue et la vie de la légende.

Ce qui fait la noblesse de la légende comme de la langue, c'est que, condamnées l'une et l'autre à ne se servir que d'éléments apportés devant elles et d'un sens quelconque, elles les réunissent et en tirent continuellement un sens nouveau. Une loi grave préside, qu'on ferait bien de méditer avant de conclure à la fausseté de cette conception de la légende : nous ne voyons nulle part fleurir une chose qui ne soit la combinaison d'éléments inertes, et nous ne voyons nulle part que la matière soit autre chose que l'aliment continuel que la pensée digère, ordonne, commande, mais sans pouvoir s'en passer.

Imaginer qu'une légende commence par un sens, a eu depuis sa première origine le *sens* qu'elle a, ou plutôt imaginer qu'elle n'a pas pu avoir un sens absolument quelconque, est une opération qui me dépasse. Elle semble réellement supposer qu'il ne s'est jamais transmis d'éléments matériels sur cette légende à travers les siècles ; car étant donné cinq ou six éléments matériels, le sens changera

1. Espace laissé blanc dans le texte.
2. Ms. fr. 3959/3. Cahier d'écolier intitulé Τρισταν II.

dans l'espace de quelques minutes si je les donne à combiner à cinq ou six personnes travaillant séparément [1].

*Il faut donc considérer le sens comme un produit — comme le
produit variable de la mise en œuvre combinatoire — et non comme
une donnée préalable* ne varietur.

*En poésie, il est évident que les lois de la mise en œuvre n'inté-
resseront pas seulement les unités verbales (« concepts revêtus d'une
forme linguistique ») et les symboles ; les phonèmes sont eux-mêmes
mis en œuvre selon des règles particulières. Et ces règles peuvent
varier selon les genres, les époques, les traditions.*

*Quand Saussure se tourne vers les problèmes de la métrique du
vers saturnien, il ne peut longtemps s'en tenir aux considérations
touchant la fonction prépondérante de l'accent ou de la quantité.
Il cherchait, en sus, d'autres règles, — et celles qui lui apparaissaient
étaient, au sens strict, des règles de mise en œuvre, de répartition
d'un matériel premier. Il perçoit d'abord la loi de « couplaison »,
qui veut que soit redoublé, à l'intérieur de chaque vers, l'emploi
de toute voyelle et de toute consonne utilisées une première fois.
L'allitération cesse d'être un écho hasardeux ; elle repose sur une
duplication consciente et calculée. Une lettre du 14 juillet 1906
énonce avec allégresse la constatation surprenante.*

Vufflens, 14 juillet 1906.

Cher Monsieur

Merci de vos lignes à propos de ce que je vous écrivais
l'autre jour. Avant même de répondre aux observations
très justes que vous faites, je puis vous annoncer que je tiens
maintenant la victoire sur toute la ligne. J'ai passé deux
mois à interroger le monstre, et à n'opérer qu'à tâtons
contre lui, mais depuis trois jours je ne marche plus qu'à
coups de grosse artillerie. Tout ce que j'écrivais sur le

1. Ms. fr. 3959/10, p. 18. On rapprochera Pascal, *Pensées* (éd. Brunschvicg,
fr. 22 et 23) : « Qu'on ne dise pas que je n'ai rien dit de nouveau : la disposition
des matières est nouvelle »..., etc.

mètre dactylique (ou plutôt spondaïque) subsiste, mais maintenant c'est par l'Allitération que je suis arrivé à tenir la clef du Saturnien, autrement compliquée qu'on ne se le figurait.

Tout le phénomène de l'allitération (et aussi des rimes) qu'on remarquait dans le Saturnien, n'est qu'une insignifiante partie d'un phénomène plus général, ou plutôt *absolument total*. La totalité des syllabes de chaque vers Saturnien obéit à une loi d'allitération, de la première syllabe à la dernière; et sans qu'une seule consonne, — ni de plus une seule voyelle, — ni de plus une seule *quantité de voyelle*, ne soit pas scrupuleusement portée en compte. Le résultat est tellement surprenant qu'on est porté à se demander avant tout comment les auteurs de ces vers (en partie littéraires, comme ceux d'Andronicus et Naevius) pouvaient avoir le temps de se livrer à un pareil casse-tête : car c'est un véritable jeu chinois que le Saturnien, en dehors même de toute chose regardant la métrique. Il me faudrait une considérable épître pour aligner des exemples, mais il ne faut que deux lignes pour donner la loi :

1° Une voyelle n'a le droit de figurer dans le Saturnien que si elle a sa *contre-voyelle* dans un endroit quelconque du vers (à savoir, la voyelle identique, et sans transaction sur la quantité : il y a seulement transaction, pour le *timbre*, entre *ĕ* bref — *ĭ* bref; *ŏ* bref — *ŭ* bref; 2° quelquefois *ē : ei*; 3° quelquefois *ō : ū* [1])

Il résulte de là que, si le vers n'a pas un nombre *impair* de syllabes <or il faut compter *toute* syllabe, sans s'inquiéter des élisions, d'ailleurs assez rares, qu'exige le *mètre*>, les voyelles se couplent exactement, et doivent toujours donner pour reste : zéro, avec chiffre pair pour chaque

---

1. La confusion de *ĕ/ĭ* et *ŏ/ŭ* n'est peut-être pas absolue, et il faudrait avoir le temps de voir par l'inspection de tous les vers s'il est fait une différence entre l'*ĭ* de *victus* = ˣ*ĭ* et celui de *Cererĭs* = ˣ*ĕ*; de même entre l'*ŭ* de *lŭbens* = ˣ*ŭ* et celui de *cŭm* = ˣ*ŏ*; — provisoirement je n'ai pas rencontré de difficulté en posant la générale équivalence *ĕ = ĭ, ŏ = ŭ*.

espèce de voyelles : par ex. 2 *ā*, 4 *ĕ* [= *ĭ*], 6 *ŏ* [= *ŭ*], 2 *ă*. —
Si les syllabes du vers sont en chiffre impair, comme
11, 13, 15, il reste nécessairement 1 voyelle *sans contre-
voyelle*. Voir plus bas ce qu'il advient d'elle. —

2° Loi des consonnes. Elle est identique, et non moins
stricte, et aucune consonne quelconque, même parmi les
implosives comme staba*n*t, et parmi les finales comme
Loucana*m*, n'est portée en compte moins rigoureusement
que le dernier *ĕ* ou *ŭ* de la série vocalique. Il y a toujours
le nombre pair pour toute consonne quelconque, et il
ne faudrait surtout pas oublier les consonnes figurant
dans des groupes : ainsi le mot *qvod* sera certainement
suivi dans le vers : 1° d'un autre *q* ou *c*; 2° d'un autre *v*;
3° d'un autre *d*; et seulement d'un SEUL autre *q-c*; d'un
seul autre *v*, d'un seul autre *d*; — à moins qu'il n'y en ait
4, ou 6, ou 8, faisant toujours paire.

Mais la chose va si loin, que :

3° S'il y a un résidu irréductible quelconque, soit dans
les voyelles, ce qui arrive nécessairement si le chiffre des
syllabes du vers est impair; soit dans les consonnes, ce qui
peut arriver facilement par *groupes de consonnes* avec
n'importe quel chiffre de syllabes, — bien contrairement à
ce qu'on pourrait croire, il n'est pas passé condamnation
du tout sur ce résidu, fût-il d'un simple *ĕ*, ou d'un simple
l en un groupe comme *fl* déjà allitérant avec *f*; mais le
poète prend note de cet *ĕ* ou de cet *l*, et on le voit alors
reparaître *au vers suivant* comme nouveau résidu correspondant au trop-plein du précédent. C'est là la vérification
la plus amusante de la loi, et dont j'ai tous les exemples
voulus, aussi bien dans les textes épigraphiques que dans
les textes littéraires, où il est malheureusement rare que
nous possédions deux vers consécutifs [1].

---

1. Ms. fr. 3962. Un brouillon de lettre du 30 juillet 1906 (destinataire
inconnu) développe des considérations analogues sur les homophonies dans
les poèmes homériques (Ms. fr. 3957/2).

Saussure ira jusqu'à noter dans l'un de ses cahiers, en majuscules :

« NUMERO DEUS PARI GAUDET[1] »

Mais les recherches sur le vers saturnien allaient aboutir à d'autres présomptions : le poète met en œuvre, dans la composition du vers, le matériau phonique fourni par un mot-thème. La production du texte passe nécessairement par un vocable isolé — vocable se rapportant au destinataire ou au sujet du passage — voie d'accès et réserve de phonèmes privilégiés sur lesquels s'appuiera le discours poétique achevé. Un exposé intitulé récapitulation *(mais dont les nombreuses ratures prouvent qu'il n'est encore qu'un stade et non l'aboutissement de la recherche) tente de regrouper l'ensemble des règles techniques de la composition. Le terme d'hypogramme ou d'anagramme n'apparaît pas encore, mais c'est bien de cela qu'il s'agit. Parmi les ratures, l'une des plus significatives concerne l'antécédent du mot* thème *; Saussure a d'abord écrit « texte », puis a biffé ce mot pour le remplacer par « thème ». Il a donc pensé à un texte sous le texte, à un pré-texte, au sens fort du terme.*

Récapitulation

Résumons les opérations auxquelles, si les résultats que nous avons obtenus sont vrais, devait se livrer un versificateur en poésie saturnienne, pour la rédaction d'un elogium, d'une inscription quelconque, funéraire, ou autre.

1. Avant tout, se pénétrer des syllabes, et combinaisons phoniques de toute espèce, qui se trouvaient constituer son THÈME. Ce thème, — choisi par lui-même ou fourni par celui qui faisait les frais de l'inscription —, n'est composé que de quelques mots, et soit uniquement de noms propres, soit d'un ou deux mots joints à la partie inévitable des noms propres.

Le poète doit donc, dans cette première opération,

---

1. Ms. fr. 3962. Cahier d'écolier sans titre.

mettre devant soi, en vue de ses vers, le plus grand nombre de *fragments phoniques* possibles qu'il peut tirer du thème ; par exemple, si le thème, ou un des mots du thème, est *Hērcolei*, il dispose des fragments *-lei-*, ou *-cŏ-* ; ou avec une autre coupe des mots, des fragments *-ŏl-*, ou *ēr* ; d'autre part de *rc* ou de *cl*, etc.

2. Il doit alors composer son morceau en faisant entrer le plus grand nombre possible de ces fragments dans ses vers, par ex. *afleicta* pour rappeler *Herco-lei*, ainsi de suite.

Toutefois ce n'est là que la partie tout à fait générale de sa tâche, ou la matière phonique générale dont il a à tenir compte et à se servir. Il faut que, spécialement dans un vers, ou au moins dans une partie de vers, la *suite vocalique* qui se trouve dans un thème comme *Hērcŏlei* ou *Cornēlius*, reparaisse soit dans le même ordre, soit avec variation. [...]

3. La nécessité de consacrer un autre vers SPÉCIAL à la suite *consonantique* du THÈME est probable en principe mais n'est que partiellement prouvée par les exemples.

4. Autant que possible, il faut que le poète pourvoie, du même coup, à la RIME DES VERS ou à la RIME DES HÉMISTICHES : nullement considérée en tout cas comme secondaire. [...]

5. On pourrait croire que là finissent les obligations et les astrictions de toute sorte imposées au poète. C'est ici qu'elles commencent seulement.

En effet, il faut à présent :

a. Que la somme des voyelles contenues dans chaque vers se monte exactement à 2 *ă*, 2 *ĭ*, 2 *ō* etc. (ou 4 *ă*, 4 *ĭ*, 4 *ō*, etc. ou 6 *ă*, 6 *ĭ*, 6 *ō* etc.) mais qu'il n'y ait pas de nombre impair pour une voyelle donnée.

Ou bien, si le nombre des syllabes du vers, étant de 11, 13, 15, entraîne forcément un reste, que la voyelle qui reste isolée soit compensée au vers suivant.

On peut d'ailleurs aussi, par légère licence courante, compenser avec le vers suivant même hors du cas de force majeure. Mais ce qui n'est point permis est de confondre une longue quelconque avec sa brève, et de compenser, où que ce soit, *ā* par *ǎ*, *ē* par *ě*, etc.

b. Le versificateur avait ensuite à faire le même compte avec les consonnes.

Ici encore, il faut que chaque consonne soit compensée *avant la fin du vers suivant*, quitte à faire un nouveau renvoi pour ce vers lui-même. Dans la majorité des cas, la compensation est presque totale *déjà par le premier hémistiche* du vers suivant; toutefois, réciproquement, il y a quelquefois 1 consonne, ou même 2, qui attendent et ne rencontrent qu'au bout de plusieurs vers la consonne compensatoire.

c. Enfin, le versificateur avait à recommencer le même compte pour les HIATUS, tout mot comme *meli-or, su-a*, exigeant sa compensation, ou bien par un autre mot de ce genre, ou bien par hiatus *entre les mots* comme *atque idem*.

6. Mais, — au moins en ce qui concerne les consonnes —, une autre condition encore devait être remplie. Il y a toujours, dans les inscriptions, un résidu consonantique, et selon notre hypothèse développée plus haut, ce résidu est *voulu*, et destiné à reproduire les consonnes du THÈME initial, écrit en abréviation pour les noms propres, et en toutes lettres pour les autres.

Ou — ce qui revient au même —, le poète tient compte, dans la partie versifiée, de ce qui est écrit, ou pourrait être écrit, en tête ou en queue de l'inscription, hors des vers eux-mêmes (toutefois avec initiale pure pour tous les noms propres ou les mots ordinairement abrégés). Ainsi, en supposant pour THÈME — ou ce qui revient presque au même pour TITRE : Diis Manibus Luci Corneli Scipionis Sacrum, il faut que la pièce de poésie laisse libres, c'est-à-dire en nombre IMPAIR au total, les lettres D.M.L.C.S. | R. |

Savoir : les quatre premières parce qu'il n'y a, pour les noms propres et les formules consacrées comme Diis

Manibus, que l'ɪɴɪᴛɪᴀʟᴇ qui compte. — La dernière
(R), parce que *Sacrum* est à prendre au contraire en
toutes lettres. Mais ni S ni C ni M de *Sacrum* ne peuvent
s'exprimer, puisque ces trois lettres sont déjà dans
D.M.L.C.S. — *et que si on ajoutait un nouvel S, ou C, ou M,*
à la pièce en vers, toutes ces lettres se trouveraient suppri-
mées par le nombre pair. [...]

7. Si je n'ai rien passé —, et le contraire ne m'étonnerait
point, vu les conditions de structure vraiment hiératique
du [   ] [1] il ne reste plus rien après cela au versificateur
à accomplir : c'est-à-dire qu'il ne lui reste plus qu'à s'occuper maintenant du ᴍᴇᴛʀᴇ, et à éviter que ces vers ne
puissent pas, hors de toutes les conditions précédentes,
se scander régulièrement.

Nous ne saurions trop répéter que la certitude et la
valeur de cette loi repose avant tout ou même totalement,
dans notre appréciation, sur le fait de la *compensation dès
le vers suivant*, et disparaîtrait en grande partie sans cette
loi subsidiaire et protectrice. Car la moindre inexactitude,
autrement, soit dans le compte du poète latin, soit dans
notre compte, mettrait tout en question au bout d'un espace
de 5 ou 6 vers, parce que malheureusement *pair* ou *impair*
dépend d'une *seule unité*, et d'une seule erreur sur l'intention
du versificateur [...]

8. Quant aux littérateurs proprement dits, composant
des poèmes suivis comme Andronicus, Nævius, ou l'auteur
du *Carmen Priami*, ils choisissaient probablement à leur
gré un mot-type, ou un couple de mots-types, — non sans
doute pour un seul vers, mais valables pour le distique [2].
[...]

*La théorie revêtira une forme plus complète dans un long texte,
soigneusement mis au net, qui occupe un cahier d'écolier (privé
de sa couverture) intitulé* Premier cahier à lire préliminairement.

1. Lacune dans le texte.
2. Ms. fr. 3962. Cahier d'écolier sans titre.

I. TERMINOLOGIE

En me servant du mot d'*anagramme*, je ne songe point à faire intervenir l'écriture ni à propos de la poésie homérique, ni à propos de toute autre vieille poésie indo-européenne. *Anaphonie* serait plus juste, dans ma propre idée : mais ce dernier terme, si on le crée, semble propre à rendre plutôt un autre service, savoir celui de désigner l'anagramme incomplète, qui se borne à imiter certaines syllabes d'un mot donné sans s'astreindre à le reproduire entièrement.

L'*anaphonie* est donc pour moi la simple assonance à un mot donné, plus ou moins développée et plus ou moins répétée, mais ne formant pas *anagramme* à la totalité des syllabes.

Ajoutons qu' « assonance » ne remplace pas *anaphonie*, parce qu'une assonance, par exemple au sens de l'ancienne poésie française, n'implique pas qu'il y ait un mot qu'on imite.

Dans la donnée où il existe *un mot à imiter* je distingue donc :

l'anagramme, forme parfaite ;
l'anaphonie, forme imparfaite.

D'autre part, dans la donnée, également à considérer, où les syllabes se correspondent sans cependant se rapporter à un *mot*, nous pouvons parler d'*harmonies phoniques*, ce qui comprend toute chose comme allitération, rime, assonance, etc. [1]

Le champ de la recherche est ainsi délimité : il ne sera pas question de poésie « moderne ». De plus, la recherche n'aura qu'un rapport de lointaine analogie avec l'anagramme traditionnelle, qui ne joue qu'avec les signes graphiques. La lecture, ici, s'applique à

---

1. Ms. fr. 3963. Cahier sans couverture.

*décrypter des combinaisons de phonèmes et non de lettres. Il ne
s'agira donc pas de redistribuer des ensembles limités de signes
visuels qui se prêteraient à l'énoncé orthographiquement correct
d'un « message » réputé primitif ; l'on ne tentera pas de lire le poème
comme si l'auteur avait commencé par écrire, avec les mêmes lettres,
un tout autre vers. (On sait que Tristan Tzara a cru pouvoir
attribuer à Villon cette méthode de composition.) De surcroît,
l'anagramme phonétique perçue par Saussure n'est pas une anagramme totale : un vers (ou plusieurs) anagrammatisent un
seul mot (en général un nom propre, celui d'un dieu ou d'un héros),
en s'astreignant à en reproduire avant tout la « suite vocalique ».
Il n'est pas question de solliciter tous les phonèmes constitutifs d'un
vers : pareille reconstruction phonétique ne serait qu'une variété
de contrepèterie. A l'écoute d'un ou de deux vers saturniens latins,
Ferdinand de Saussure entend s'élever, de proche en proche, les
phonèmes principaux d'un nom propre, séparés les uns des autres
par des éléments phonétiques indifférents :*

II. Quel support existe-t-il *a priori* pour imaginer que
la poésie homérique ait pu connaître quelque chose comme
l'anagramme ou l'anaphonie ?

Ceci se relie à un ensemble d'études qui sont parties
pour moi du vers saturnien latin.

En dehors des questions que soulève la métrique de ce
vers, j'ai cru reconnaître à travers tous les restes de poésie
saturnienne, les traces de lois PHONIQUES dont l'allitération, qu'on a de tout temps admise comme un de ses
caractères, ne serait qu'une manifestation particulière,
et une des plus insignifiantes manifestations, comme il
faut l'ajouter.

Non seulement, dans mes conclusions, l'allitération ne
serait *pas liée* à une accentuation de l'initiale — ce qui a
toujours été une grosse pierre d'achoppement pour juger
du mètre du saturnien, ou pour se décider entre une interprétation rythmique ou métrique; mais l'allitération
initiale ne possède aucune importance particulière, et

l'erreur a été de ne pas voir que *toutes* les syllabes allitèrent, ou assonent, ou sont comprises dans une harmonie phonique quelconque.

La difficulté vient de ce que les genres d'harmonie phonique varient, et varient depuis l'anagramme et l'anaphonie (formes qui se dirigent sur un *mot*, sur un nom propre) jusqu'à la simple correspondance libre, hors de la donnée d'imitation d'un mot.

Comme indication sommaire de ces types, puisqu'en aucun cas je ne puis songer à exposer ici ma théorie du *Saturnien*, je cite :

Taurasia Cīsauna Samnio cēpit

Ceci est un vers *anagrammatique*, contenant complètement le nom de *Scīpio* (dans les syllabes *cī + pĭ + ĭŏ*, en outre dans le *S* de *Samnio cēpit* qui est initial d'un groupe où presque tout le mot *Scīpĭŏ* revient. — Correction de — *cēpi* — par le — *cī* — de Cīsauna) [1].

Mors perfēcit tua ut essēnt —

Ceci est un demi-vers *anaphonique* qui prend pour modèle les voyelles de

Cŏrnēlĭŭs,

et qui commence par les reproduire dans leur ordre strict

ŏ-ē-ĭ-ŭ

Seule imperfection, l'*ĕ* bref de *pĕrf* —, mais qui ne s'écarte pas du moins du timbre *e*.

Après *ŏ-ē-ĭ-ŭ* vient, avec interruption de *a*, le vocalisme de *ŭt essēnt* qui reste dans l'anaphonie.

(Le *ă* est ou bien signe d'interruption , ou bien allusion à *Cornēlĭă* [gens] [2]).

---

1. Note en marge de ce passage : « *Samnio est à l'ablatif (locatif) comme on l'avait soupçonné sans faire attention aux anagrammes.* »
2. Ms. fr. 3963. Cahier sans couverture.

Dans l'un des cahiers sur Homère, nous trouvons la note suivante :

Dans un système où pas un mot ne pouvait être changé ni déplacé sans troubler [1] la plupart du temps plusieurs combinaisons nécessaires pour ce qui concerne l'anagramme, dans un tel système on ne peut parler des anagrammes comme d'un jeu accessoire de la versification, ils deviennent sa base que le versificateur le veuille ou non,

que le critique d'une part, et que le versificateur d'autre part, le veuille ou non. Faire des vers avec anagramme est forcément faire des vers selon l'anagramme, sous la domination de l'anagramme [2].

Un autre cahier s'achève sur ces lignes, où l'on reconnaît un nouveau projet de préambule :

L'HYPOGRAMME

ou genre d'anagramme à reconnaître
dans les littératures anciennes.
Son rôle dans la poésie et la prose latines.

1. Pourquoi pas *anagramme*.

2. Sans avoir de motif [pour tenir] [3] particulièrement au terme d'hypogramme, auquel je me suis arrêté, il me semble que le mot ne répond pas trop mal à ce qui doit être désigné. Il n'est en aucun désaccord trop grave avec les sens d'ὑπογράφειν, ὑπογραφή, ὑπόγραμμα. etc., si l'on excepte le seul sens de *signature* qui n'est qu'un de ceux qu'il prend.

soit *faire allusion ;*

---

1. F. de Saussure a biffé *troubler* et l'a remplacé par *créer un trouble*.
2. Ms. fr. 3963. Cahier d'écolier sans titre.
3. Biffé dans le manuscrit.

soit *reproduire par écrit* comme un notaire, un secrétaire,
soit même (si l'on songeait à ce sens spécial mais répandu)
souligner au moyen du fard les traits du visage [1].

Qu'on le prenne même au sens répandu, quoique plus
spécial, de souligner au moyen du fard les traits du visage,
il n'y aura pas de conflit entre le terme grec et notre façon
de l'employer; car il s'agit bien encore dans « l'hypogramme »
de souligner un nom, un mot, en s'évertuant à en répéter
les syllabes, et en lui donnant ainsi une seconde façon
d'être, factice, ajoutée pour ainsi dire à l'original du mot [2].

Dans l'un des cahiers qu'il consacre à Lucrèce, Saussure sug-
gère — sans s'y tenir — une autre dénomination :

Le terme d'*anagramme* est remplacé, à partir de ce
cahier, par celui, plus juste, de *paragramme*.

Ni anagramme ni paragramme ne veulent dire que la
poésie se dirige pour ces figures d'après les signes écrits;
mais remplacer — *gramme* par — *phone* dans l'un ou
l'autre de ces mots aboutirait justement à faire croire qu'il
s'agit d'une espèce de choses inouïe.

Anagramme, par opposition à Paragramme, sera réservé
au cas où l'auteur se plaît à masser en un petit espace,
comme celui d'un mot ou deux, tous les éléments du mot-
thème, à peu près comme dans l' « anagramme » selon la
définition; — figure qui n'a qu'une importance absolument restreinte au milieu des phénomènes offerts à l'étude,
et ne représente en général qu'une partie ou un accident
du Paragramme [3].

Il faut relever aussi ces notes fugitives dont les phrases restent
inachevées :

1. En marge : « *il n'est aucun sens d'ὑπογράφειν à part celui à peine de signer,*
apposer sa signature ».
2. Ms. fr. 3965. Cahier de toile jaune intitulé *Cicéron Pline le jeune, fin.*
3. Ms. fr. 3964.

Introduire paramime en s'excusant de ne pas prendre
paronyme. — Il y a au fond du dictionnaire une chose
qui s'appelle la paronomase, figure de rhétorique qui—

La paronomase s'approche de si près par son principe
de

La paraphrase par le son — phonique [1]

*Il est singulier que Saussure, qui s'est préoccupé de la différence
entre l'allitération et les « règles » suivies par le vers saturnien,
n'ait pas fixé plus longuement son attention sur la paronomase.
Peut-être redoutait-il, plus ou moins consciemment, que cette
« figure de mots » ne mît en danger tout l'aspect de* découverte *qui
s'attachait pour lui à la théorie des anagrammes. Peut-être lui
paraissait-il essentiel de distinguer l'imitation phonique survenant
librement dans le* cours *du texte (la paronomase) et l'imitation
obligatoire qui, selon lui, en règle la genèse.*

*La terminologie de Saussure varie donc au cours de son travail.
On voit apparaître, fugitivement, la notion de* paratexte. *Et voici
d'autres suggestions encore :*

La deuxième utilité de Logogramme à côté d'antigramme
est — outre de marquer l'antigramme pris en lui-même —,
de pouvoir s'appliquer à la somme des antigrammes quand
il y en a par exemple dix, douze, quinze qui se succèdent,
dans un passage, autour d'un même mot. Il y a des *logogrammes* qui se décomposent en de multiples antigrammes,
et qui ont une raison cependant de pouvoir s'appeler d'un
seul mot, parce qu'ils tournent autour d'un seul mot. —
Indique ainsi l'unité du sujet, du motif [2], et, à ce point
de vue, se trouve cesser d'être choquant dans sa partie
Logo — qui n'a plus à être prise nécessairement au sens
de *mot phonique,* ni même de mot : c'est un « gramme »,

---

1. Ms. fr. 3966. Cahier couvert de toile orange, intitulé *Carmina Epigraphica Fin : Le passage Tempus erat Ausone.*
2. Saussure a biffé *thème* pour le remplacer par *motif.*

γράμμα, autour d'un sujet qui inspire l'ensemble du passage et en est plus ou moins le *logos*, l'unité raisonnable, le *propos*.

Un passage est caractérisé par tel ou tel *logogramme,* ce qui n'empêche pas de parler plutôt d'*antigramme* quand on en vient au détail de la corrélation avec le mot à reproduire [1].

Le « discours » poétique ne sera donc que la seconde façon d'être d'un nom : une variation développée qui laisserait apercevoir, pour un lecteur perspicace, la présence évidente (mais dispersée) des phonèmes conducteurs.

L'hypogramme glisse un nom simple dans l'étalement complexe des syllabes d'un vers ; il s'agira de reconnaître et de rassembler les syllabes directrices, comme Isis réunissait le corps dépecé d'Osiris.

Ceci revient à dire qu'en étayant la structure du vers sur les éléments sonores d'un nom, le poète s'imposait une règle supplémentaire, surajoutée à celle du rythme. Comme si un tel surcroît de chaînes ne suffisait pas, Saussure n'oublie aucune de ses remarques sur le redoublement obligatoire des voyelles et des consonnes. Le texte que nous avons lu dans le « Premier cahier à lire préliminairement » se poursuit :

Ce n'est là qu'un des genres multiples de l'anaphonie. Mais en même temps :
— tantôt *concurremment à l'anaphonie,*
— tantôt hors de tout mot qu'on imite
il y a une correspondance de tous les éléments se traduisant par une exacte « couplaison », c'est-à-dire répétition en nombre pair.

Ainsi, on peut étudier à cet égard presque tout vers scipionien. Par exemple dans :

Subigit omne Loucanam opsidesque abdoucit

on voit 2 fois *ouc* (L*ouc*anam, abd*ouc*it)
      2 fois *d*   (opsi*d*esque ab*d*oucit)

1. Ms. fr. 3966. Cahier violet intitulé *Plaute anagr. et Carmina Epigr.*

2 fois *b*   (su*b*igit, a*b*doucit)
2 fois-*it*   (subig*it*, abdouc*it*)
2 fois-*ĭ*   (subĭgit, opsĭdes-)
2 fois *ă*   (Loucanăm, ăbdoucit)
2 fois *ŏ*   (ŏmne, ŏpsides-)
2 fois *n*   (om*n*e, Louca*n*am)
2 fois *m*   (om*n*e, Loucana*m*) [1].

Les principaux résidus se trouvent justement correspondre à ce que le vers précédent laissait en souffrance :

En effet *p* de opsides — (dernier vers)

= *p* de cēpit — (avant-dernier vers)

restent tous deux sans correspectif dans leur vers : mais, entre eux, ils se compensent, d'un vers à l'autre.

Il est rare qu'on puisse arriver à l'absolue répartition paire. Par exemple, le son *c* est en nombre impair dans Lou*c*anam opsides*q*ue abdou*c*it, même en invoquant le vers précédent Taurasia *C*isauna Samnio *c*epit.

Mais c'est déjà une forte exigence d'attendre que tous les mots soient combinés de telle sorte qu'on arrive pour les 2/3 des lettres au nombre pair, et c'est plus des 3/4 qui réalisent à tout moment cette « performance », comme on dirait en langage de turf [...]

Quelles que doivent être les solutions de détail, il est résulté pour moi de l'étude du vers saturnien latin, la conviction que :

a) Cette versification est tout entière dominée par une préoccupation *phonique*, tantôt interne et libre (correspondance des éléments entre eux, par couples, ou par rimes) tantôt externe, c'est-à-dire en s'inspirant de la composition phonique d'un nom comme Scipio, Jovei, etc...

---

1. *En note :* « Pourquoi pas omne*M* Loucana*m* ? C'est ici justement que je crois pouvoir prouver, par une grande série d'exemples, que les inexactitudes de forme qui ont quelquefois passé pour des archaïsmes dans la poésie saturnienne épigraphique, sont *voulues*, et en rapport avec les lois phoniques de cette poésie. *Omnem* eût rendu le nombre des M impair ! »

b) Que dans cette générale préoccupation phonique, l'*allitération,* ou la correspondance plus particulière entre *initiales,* ne joue aucun rôle : tout au plus le même rôle que joue de son côté la *rime,* ou correspondance entre finales et qui n'est elle-même qu'un accident ou une fioriture, conforme à la tendance générale.

J'ajoute *c*) Que le résultat auquel j'arrive pour la forme *métrique* du saturnien, non seulement ne crée pas de difficulté, mais est en parfait accord avec l'idée que les syllabes initiales seraient sans importance spéciale pour le vers.

Aucun système, même rythmique, n'a pu du reste, ne l'oublions pas, montrer que les syllabes allitérantes initiales du saturnien correspondaient à des ictus réguliers.

Pour terminer ces explications préliminaires par un des exemples qui m'ont précisément conduit à la vue que j'expose, je dirai que cette vue peut se résumer à dire que dans un vers comme

Ibi manens sedeto donicum videbis

(Livius)

la correspondance — *bi* — (ibi, videbis) ou la correspondance — *dē* — (sedēto, vidēbis) ont tout autant d'importance, alors que ni l'une ni l'autre ne porte sur l'*initiale,* que tous les exemples d'allitération initiale au moyen desquels on a fait du saturnien un vers « allitérant » [1].

La différence évidemment incalculable entre un phonisme *allitérant* et un phonisme portant sur n'importe quelles syllabes, est que, tant que nous restons liés à l'initiale, il peut sembler que c'est le *rythme du vers* qui est en cause, et qui, en cherchant à se marquer davantage,

---

1. Ce vers est également commenté dans une lettre à Antoine Meillet, du 23 septembre 1907. Voir « Lettres de Ferdinand de Saussure à Antoine Meillet », publiées par Emile Benveniste. *Cahiers Ferdinand de Saussure,* Genève, 21/1964, p. 91-125.

provoque des débuts de mots semblables, sous un principe qui n'implique en rien, de la part du poète, l'analyse du mot. La même observation s'applique à la rime, au moins en tel ou tel système. Mais s'il est avéré, au contraire, que toutes les syllabes puissent concourir à la symétrie phonique, il en résulte que ce n'est plus rien qui dépende du vers et de son schéma rythmique qui dicte ces combinaisons, et qu'un second principe, indépendant du vers même, s'alliait au premier pour constituer la forme poétique reçue. Pour satisfaire à cette seconde condition du *carmen*, complètement indépendante de la constitution des pieds ou des ictus, j'affirme en effet *(comme étant ma thèse dès ici)* que le poète se livrait, et avait pour ordinaire métier de se livrer à l'analyse phonique des mots : que c'est cette science de la forme vocale des mots qui faisait probablement, dès les plus anciens temps indo-européens, la supériorité, la qualité particulière, du *Kavis* des Hindous, du *Vātēs* des Latins, etc.

POÉSIE VÉDIQUE

Sur l'hypothèse précédente, on peut l'interroger de deux côtés :

1° Reproduction dans un hymne, de syllabes appartenant au nom sacré qui est l'objet de l'hymne.

Dans ce genre, c'est une montagne de matériaux qu'on trouvera. Comme la chose était par trop claire dans certains hymnes à Indra, on en a fait pour ainsi dire un caractère défavorable à ces hymnes alors que c'est là le principe indo-européen de poésie dans notre vue. Mais on peut prendre presque au hasard, et on verra que des hymnes dédiés par exemple à *Agni Aṅgiras* sont une série de calembours comme *giraḥ* (les chants), *aṅga* (conjonction), etc. — montrant la préoccupation capitale d'imiter les syllabes du nom sacré.

2° Harmonies phoniques consistant par exemple dans le nombre pair des éléments.

Deux difficultés de premier ordre s'opposent d'emblée à une parfaite enquête sur ce point et je ne pouvais les résoudre dans le temps limité que j'ai eu jusqu'à présent :

Difficulté du sandhi. On ne peut savoir d'avance quelle phase exacte il faut supposer, et par conséquent, par exemple, si un *ō* comme celui de *dēvōasti* est assimilable à un *ō* comme celui de *hōtāram*, ou à un *ă* ? ou à un *ăz*, etc. ?

Difficulté provenant des interpolations. Il suffit qu'un seul vers, en cinquante vers, soit interpolé, pour que les plus laborieux dépouillements n'aient plus aucune signification. — Je crois avoir eu une satisfaction inverse en constatant que le premier hymne du *Ṛg-Vêda*, qui n'offre aucun chiffre satisfaisant, si l'on maintient la neuvième stance (très apparemment surajoutée), se résout en nombres pairs pour toutes les consonnes dès qu'on prend seulement les huit premières stances. Les chiffres vocaliques, de leur côté, se trouvent alors tous des multiples de 3. — Sans avoir pu pousser bien loin mes études védiques, j'ai cependant plusieurs petits hymnes donnant des chiffres absolument irréprochables sur la parité des consonnes, quelle que soit la loi des voyelles.

Je ne veux pas passer sur le premier hymne du *Ṛg-Vêda* sans constater qu'il est la preuve d'une très ancienne analyse *grammatico-poétique*, tout à fait naturelle dès qu'il y avait une analyse phonico-poétique. Cet hymne *décline* positivement le nom d'Agni, il serait très difficile en effet de penser que la succession de vers, commençant les uns par *Agnim* îḍê — les autres par *Agninâ* rayim açnavat, les autres par *Agnayê, Agnê,* etc. ne veuille rien dire pour le nom divin, et offre par pur hasard ces cas différents du nom, placés en tête des stances. *Dès l'instant où le poète était tenu,* par loi religieuse ou poétique, *d'imiter un nom, il est clair qu'après avoir été conduit à en distinguer les syllabes*, il se trouvait, sans le vouloir, *forcé d'en distinguer les formes*, puisque son analyse phonique, juste pour *agninâ* par exemple, ne se trouvait plus juste (phoniquement) pour *agnim*, etc. Au simple point de vue *phonique*, il fallait donc pour que le dieu, ou la loi poétique fussent satisfaits, faire attention aux variétés du nom : et cela, ne l'oublions pas, sans qu'une forme particulière comme le Nominatif eût le rôle (d'ailleurs abusif pour nous-mêmes) qu'elle a pris pour nous de par la grammaire grecque systématique.

Je ne serais pas étonné que la science grammaticale de l'Inde, au double point de vue *phonique* et *morphologique*, ne fût ainsi une suite de traditions indo-européennes relatives aux procédés à suivre en poésie pour confectionner un *carmen*, en tenant compte des *formes* du nom divin.

En ce qui concerne spécialement le texte védique lui-même, et l'esprit dans lequel il s'est transmis depuis un temps inaccessible, cet esprit se trouverait éminemment conforme, *par l'attachement à la lettre*, au premier principe de la poésie indo-européenne, tel que je le conçois maintenant, hors de tous facteurs spécialement hindous, ou spécialement hiératiques, à invoquer à propos de cette superstition pour la lettre.

Je réserve même mon opinion quant à savoir si le texte *Pada-pâṭha* des hymnes n'est pas un texte destiné à sauvegarder des correspondances phoniques dont la valeur était connue par tradition, et par conséquent relatives au *vers*, alors que ce texte passe pour vouloir établir la forme des *mots*, hors du vers. Il faudrait toutefois une étude que je n'ai pas faite et qui est, par évidence, immense.

POÉSIE GERMANIQUE ALLITÉRANTE

Tandis que rien ne lie les faits d'allitération latine du saturnien au rythme du vers — et cela, même en supposant un état latin accentuant l'initiale — il est certain au contraire que les initiales allitérantes du germanique (vieux norrois, vieux saxon, anglo-saxon, et un ou deux textes haut-allemands) ne forment pour ainsi dire qu'un seul corps avec le rythme du vers, parce que *a*.) le vers est rythmique et fondé sur l'accent des mots; que *b*.) l'accent des mots est sur l'initiale; que par conséquent *c*.) si on souligne l'initiale par une égalité de consonnes, on souligne du même coup le rythme.

Mais, historiquement, on peut se demander si, au lieu de prendre l'allitération germanique comme un type original — d'après lequel on jugeait plus ou moins de l'*allitération* latine, du *rythme* latin et de l'*accentuation* latine —, il n'y aurait pas lieu de faire un raisonnement tout à fait inverse, où ce sera au contraire le germanique qui, par des changements, d'ailleurs connus, serait arrivé à la forme devenue célèbre, chez lui, comme modèle général de versification [...].

C'est aussi en partant de cette donnée d'une poésie indo-européenne qui analyse la substance phonique des mots (soit pour en faire des séries acoustiques, soit pour en faire des séries significatives lorsqu'on allude à un certain nom), que j'ai cru comprendre pour la première fois le fameux *stab* des Germains dans son triple sens de : *a*) baguette; *b*) phonème allitérant de la poésie; *c*) lettre.

Dès que l'on a seulement le soupçon que les éléments phoniques du vers avaient à être comptés, une objection se présente qui est celle de la difficulté de les compter, vu qu'il nous faut beaucoup d'attention à nous-mêmes, qui disposons de l'écriture, pour être sûrs de les bien compter. Aussi conçoit-on d'emblée, ou plutôt prévoit-on, si le métier du *vātēs* était d'assembler des sons en nombre déterminé, que la chose n'était pour ainsi dire possible qu'au moyen d'un signe extérieur comme des cailloux de différentes couleurs, ou comme des *baguettes* de différentes formes : lesquelles, représentant la somme des *d* ou des *k* etc., qui pouvaient être employés dans le *carmen*, passaient successivement de droite à gauche à mesure que la composition avançait et rendait un certain nombre de *d* ou de *k* indisponibles pour les vers ultérieurs. (Il faut partir des courts poèmes de 6 à 8 vers, dont les *Elogia*, ou certains hymnes védiques, ou les formules magiques germaniques donnent l'idée.) — Il arrive ainsi que, même *a priori*, le rapport d'une baguette (*stab* ou *stabo*) avec le PHONÈME se présente comme absolument naturel et clair si la poésie *comptait* les phonèmes; au lieu que je n'ai jamais pu découvrir aucun sens à *stab, stabo*, la lettre allitérante, ou la lettre, dans la conception ordinaire de la poésie allitérante. Pourquoi une lettre aurait-elle été alors désignée par une baguette ? Mystère.

Toute la question de *stab* serait plus claire si on n'y mêlait malencontreusement la question de *buoch* (l'écorce du hêtre où on pouvait tracer des *caractères*). Ces deux objets du règne végétal sont parfaitement séparés dans l'affaire de l'écriture germanique, et, ainsi qu'il résulte de mon précédent exposé, je considère *stab* = *phonème* comme antérieur à toute écriture; comme absolument indépendant de *buoch* qui le précède dans l'actuel composé allemand *Buchstabe* (en apparence « baguette de hêtre ») [1].

L'hypothèse de la « couplaison » syllabique et l'étrange spéculation sur les baguettes de hêtre, attribuent au poète une extrême attention à la substance phonétique des mots. Les faits de symétrie phonique ici constatés sont frappants : mais sont-ils l'effet d'une règle observée (dont aucun témoignage exprès n'aurait survécu)? Ne pourrait-on invoquer, pour justifier cette multiplicité de répons internes, un goût de l'écho, très peu conscient et quasi instinctif? Faut-il que l'exercice de la poésie, chez les anciens, ressemble davantage au rituel de l'obsession qu'à l'élan d'une parole inspirée? Il est vrai, la scansion traditionnelle asservit la diction du vates

1. Ms. fr. 3963. Cahier sans couverture. Note marginale : « *Le tout à considérer pour l'interprétation du passage de Tacite que je laisse de côté ici.* »

à une régularité qu'il faut bien qualifier déjà d'obsessionnelle. *Rien n'interdit d'imaginer — puisque les faits s'y prêtent — une surenchère d'exigences « formelles » qui obligeraient le poète à utiliser deux fois dans le vers chacun des éléments phoniques...*

Les textes que nous avons transcrits ici, par leur souci d'exposé discursif, constituent une exception dans la masse des cahiers consacrés aux anagrammes. Ceux-ci contiennent surtout des exercices de déchiffrement, portant successivement sur des textes d'Homère, Virgile, Lucrèce, Sénèque, Horace, Ovide, Plaute, Ange Politien, etc.

Le diphone et le mannequin

Que de difficultés accumulées ! Saussure veut que la règle soit sévère et interdise (au poète, au déchiffreur) les solutions de facilité.

J'ai cru assez longtemps qu'il n'y avait rien de plus commun dans l'hypogramme que la figure, ou la *licence*, permettant de *sauter une lettre*, c'est-à-dire d'obtenir PO par un mot comme *procul*, SE par un mot comme *sterno ;* ou au moins UD par *mundo*.

Tout ce genre de figure ou de liberté, après une plus complète étude, m'apparaît au contraire comme inexistant, absolument impossible à prouver ni comme habitude générale, ni par licence personnelle dans un seul cas qui offrirait clairement ce caractère. Je ne dis pas que je n'aie pas rencontré et reconnu, au cours du chemin, des licences plus inattendues que celles de faire compter *pro-* pour *po-*, mais je dis que celle-là s'est trouvée vaine et faussement supposée : ce qui est une excellente confirmation que tout n'est donc pas permis, même justement parmi les choses qu'on tiendrait pour à peu près licites si ce n'était qu'une homophonie quelconque qui décidait [1].

1. Ms. fr. 3965. Cahier à couverture de toile verte intitulé *Florus Pétrone Cornelius Nepos.*

Autre difficulté inhérente à la règle : les éléments de l'hypo-gramme (ou mot-thème) utilisés dans le vers ne sont pas des mono-phones, mais des diphones. C'est le rôle du diphone qui justifie le passage de la notion d'anagramme (où n'interviennent que des monophones) à celle d'hypogramme (où le diphone est l'élément prépondérant).

En progressant, Ferdinand de Saussure allait rencontrer quel-ques problèmes particuliers. Un diphone soumis à l'anaphonie peut-il voir ses deux éléments, apparemment inséparables, s'éloigner l'un de l'autre ? Question qui entraîne celle du temps dans le langage. Car dès que l'anagramme, au lieu de porter sur l'arrangement spatial des lettres, porte sur les phonèmes, la diction du « mot-thème » apparaît disloquée, soumise à un autre rythme que celui des vocables à travers lesquels se déroule le discours manifeste ; le mot-thème se distend, à la manière dont s'énonce le sujet d'une fugue quand il est traité en imitation par augmentation. Seule-ment le mot-thème n'ayant jamais fait l'objet d'une exposition, il ne saurait être question de le reconnaître : il faut le deviner, dans une lecture attentive aux liens possibles de phonèmes espacés. Cette lecture se développe selon un autre tempo (et dans un autre temps) : à la limite, l'on sort du temps de la « consécutivité » propre au langage habituel :

Le principe du diphone revient à dire qu'on représente les syllabes dans la CONSÉCUTIVITÉ de leurs éléments. Je ne crains pas ce mot nouveau, vu que s'il existait, ce n'est pas seulement [   ][1], c'est pour la linguistique elle-même qu'il ferait sentir ses effets bienfaisants.

Que les éléments qui forment un mot *se suivent*, c'est là une vérité qu'il vaudrait mieux ne pas considérer, en linguistique, comme une chose sans intérêt parce qu'évi-dente, mais qui donne d'avance au contraire le principe

---

1. En blanc dans le texte.
  Dans la marge, l'auteur a noté « *L'image vocale* ».

central de toute réflexion utile sur les mots. Dans un domaine infiniment spécial comme celui que nous avons à traiter, c'est toujours en vertu de la loi fondamentale du mot humain en général que peut se poser une question comme celle de la consécutivité ou non-consécutivité, et dès la première [1]

Peut-on donner TAE par *ta* + *te* [2], c'est-à-dire inviter le lecteur non plus à une juxtaposition dans la consécutivité, mais à une moyenne des impressions acoustiques hors du temps ? hors de l'ordre dans le temps qu'ont les éléments ? hors de l'ordre linéaire qui est observé si je donne TAE par TA — AE ou TA — E, mais ne l'est pas si je le donne par *ta* + *te* à amalgamer hors du temps comme je pourrais le faire pour deux couleurs simultanées [3].

A la fin d'une série de pages détachées, dont la numérotation lacunaire indique certaines disparitions, nous trouvons :

Je ne crois pas qu'on puisse trop répéter que le *monophone* est inexistant pour l'hypogramme, ceci étant la loi centrale sans laquelle il n'y aurait pas à parler d'hypogramme, sans laquelle on serait dans l'*anagramme*, ou dans *rien du tout*.

Il est clair que la liberté dont on vient de parler pour les initio-finales n'enfreint en rien ce principe. Un initial T- (*te*la) ou un final -T (habe*t*) ne vaut absolument rien s'il reste isolé : il prend valeur uniquement en raison de l'initio-finale *qui le suit, ou le précède*, avec laquelle il peut former un DIPHONE comme -A-T ou comme T-A-, comme -R-T ou comme T-R-. Hors de ce complément sa valeur est nulle.

---

1. Phrase inachevée dans le manuscrit.
2. En marge « *L'abstrait et le concret* ».
3. Ms. fr. 3963. Cahier d'écolier sans titre.

Tout *polyphone*, en revanche, est naturellement pour l'hypogramme de nature semblable au diphone.

Mais, précisément parce que le diphone est l'unité minimum, et *simplissime* entre toutes, il y a des règles qui commencent avec le *triphone* seulement, parce que celui-ci représente

$$\text{diphone} + x$$
$$(\text{unité générale} + x)$$

Le triphone est la première unité complexe, puisque le diphone est l'unité non réductible.

Et toutes les règles spéciales du triphone se greffent sur la base préalable du diphone. Ces règles peuvent prendre, me semble-t-il, le nom de règles « de rattachement », parce qu'il s'agit en effet toujours de ceci : autour d'un noyau DIPHONIQUE se groupent un ou plusieurs éléments *monophoniques* (*ispo facto*, privés par eux-mêmes de la faculté d'exister, la recevant uniquement du fait qu'ils sont dans l'orbite du DIPHONE).

*I*er *Cas*. — Le diphone contenu dans un mot s'annexe l'INITIALE du mot pour se combiner avec lui en triphone. [Sans faculté de *changer l'ordre*.]

peritus peut donner *P-RI-* : c'est un rattachement au diphone RI *(lequel constitue le seul centre)*, de la lettre initiale *p-*.

Il peut donner de même *P-IT-* (seul centre, -IT-). Ou *P-TU-* (seul centre, -TU-).

Il ne pourrait pas donner *pi* au même moment où il donne *pri-* et *pit-*, par simple rappel des principes fondamentaux donnés dès le commencement.

*II*e *Cas*. — Le diphone contenu dans un mot s'annexe la FINALE du mot pour se combiner avec lui en triphone. [Sans faculté de changer l'ordre.]

peritus peut donner -RI-S, par rattachement de la finale au diphone, et avec centre nécessaire dans un diphone comme RI. Ne serait possible ni *-I-S*, ni *-R-S ;* mais bien *-RI-S*. De même *-ER-S* etc., pourvu qu'il y ait diphone dans l'élément qu'on réunit à la finale.

*III*e *Cas.* — Un diphone initial s'annexe un monophone intérieur.

Ainsi PE-T- tiré de P E-*ri*-T-*us*, ou RO-B- tiré de *rogabit*.

Ce cas ouvre des possibilités encore plus larges que les précédents, vu que dans les précédents, étant donné le diphone, on ne pouvait pas choisir le monophone, — ce monophone étant fixé par la lettre initiale du mot (ou finale du mot). — Ici, pourvu, il est vrai, que le diphone *soit initial*, on peut choisir entre différents monophones pour ce qu'on veut y ajouter. [Sans changer l'ordre.]

*IV*e *Cas.* — Un diphone final s'annexe un monophone intérieur.

Ainsi -R-US tiré de *peritus*, ou -G-IT tiré de *rogabit*. Mêmes observations que pour III.

*V*e *Cas.* — Un diphone *intérieur* s'annexe un monophone également intérieur, par exemple
-ER-D- tiré de *f-* E R-*vi*-D-*a*, ou
-GU-B- tiré de *au-* G U-*ri*-B-*us*.

Ceci semble à la limite de ce qui est permis, et plus ou moins subordonné à des conditions difficiles à préciser, où le monophone s'impose à l'oreille sans peine, comme aussi important que le diphone pour le squelette du mot. — Néanmoins, on ne saurait établir positivement une telle restriction, et ceci crée donc une nouvelle latitude considérable.

Aux exemples ci-dessus il faut naturellement ajouter ceux où le monophone *précède* le diphone, — ainsi :
fervida s'il est employé pour obtenir -R-ID-
ou *auguribus* si on en tire -G-IB- ou -G-RI-
ou *tendimus* si on en tire -E-MU-. Etc. [1]

---

1. Ms. fr. 3966. Feuillets détachés.

J'admets d'avance que dans une ligne de texte doit se trouver au moins une syllabe d'un mot quelconque de moyenne longueur (la syllabe étant entendue comme *diphone*) rien que par l'effet des chances naturelles et de la limitation des diphones possibles dans la langue; je crois même que la proportion doit s'approcher plutôt de *deux diphones* en une ligne que d'un, toujours sur cette base d'un mot moyen de 7 ou 8 diphones et de ce qui doit résulter du hasard pour les coïncidences.

Il est, à mon sens, très important, même pour qui est d'ailleurs persuadé des intentions hypogrammatiques des auteurs, de ne pas perdre cela de vue, pour les cas où il s'agit d'apprécier [1]

D'autres considérations interviennent. Saussure décèle, dans le corps du discours poétique, des groupes restreints de mots, dont l'initiale et la finale correspondent à l'initiale et à la finale du mot-thème, et en constituent l'indice. Saussure recourt d'abord à la notion de locus princeps; *il lui adjoindra le terme de* mannequin, *qu'il conservera et utilisera couramment par la suite.*

Toute pièce bien composée doit présenter, pour chacun des noms importants qui défraient l'hypogramme, un *locus princeps :* une suite de mots *serrée et délimitable* que l'on peut désigner comme l'endroit spécialement consacré à ce nom. Cela sans préjudice de tout hypogramme plus étendu, et par conséquent plus dispersé, qui peut courir, et qui court en général, à travers l'ensemble de la pièce, parallèlement à l'hypogramme condensé.

Le *locus princeps* comporte différentes formes que nous allons essayer de classer. Mais il est, avant tout, le meilleur et peut-être le seul moyen décisif pour la preuve générale : tout le reste tombe sous le calcul des chances; ceci au moins est si particulier et si clairement empreint des

---

1. Texte interrompu. Ms. fr. 3966. Feuillet détaché.

signes d'une intention que je ne vois, quant à moi, nulle possibilité de la mettre en doute, alors que le fait se répète dans une infinité d'exemples concordants, soumis à une loi identique, et à une loi cette fois nullement très aisée à remplir dans les prescriptions qu'elle apportait.

1. La forme la plus parfaite que peut revêtir le *Locus princeps* est celle du <u>mannequin uni au syllabogramme</u>, c'est-à-dire du mannequin renfermant *dans ses propres limites*, nettement données par l'initiale et la finale, le syllabogramme complet.

Ainsi

Nous demandons la permission d'appliquer à cette *union du syllabogramme et du mannequin* un nom spécial, nous proposons celui de παραμορφόν, ou PARAMORPHE.

Il va sans dire que si, hors du paramorphe, le vers, ou la ligne, *ajoute au paramorphe* de nouveaux renforcements, qu'on peut, à volonté, prendre ou ne pas prendre, comprendre ou ne pas comprendre, il ne saurait résulter de ces *renforcements* facultatifs un soi-disant *affaiblissement*. Ainsi quand on a le mannequin-paramorphe, *en soi complet,* ⬚ =

il ne saurait y avoir de nécessité ni d'inconvénient visible à ce que — « par-dessus le marché » — toute la ligne réponde par des renforcements supplémentaires et surérogatoires [1] à ce paramorphe.

2. La forme qui vient immédiatement après celle du paramorphe pur (c'est-à-dire du mannequin + syllabogramme complets dans les mêmes mots) est celle où il

---

1. En réalité ils ne sont pas surérogatoires souvent, mais entraînés par le principe n⁰ xx sur les chaînes qui exige qu'on n'extraie pas par exemple un ER de *imperium* sans que cela soit précédé d'un E primo-final, ainsi Et... *imperium*

E —   E R —

De sorte qu'on peut dire que presque tout syllabogramme concentré dans le mannequin, pour faire paramorphe, pourra bien être complet, mais vu l'exiguïté de l'espace, ne pourra tenir compte du principe xx sur les chaînes s'il est uniquement remis aux ressources de cet espace restreint.

faut, pour le syllabogramme, prendre une syllabe extrême voisine, mais déjà située *hors du mannequin*, et constituant donc une addition latérale formelle.

Forme C.-Cas rare.-

3. Le *Locus princeps* continue d'exister et d'être tout aussi dense que dans les cas précédents mais consiste dans la contiguïté de deux paramorphes partiels renversés dans leur ordre respectif : par exemple — CLITUS + HERAC

4. Le « *Locus princeps* » se trouve disloqué entre *deux mannequins partiels* qui se complètent l'un l'autre et renferment l'un et l'autre le syllabogramme correspondant à leur partie. Ainsi ligne 1 paramorphe sur HERAC-, et ligne 2 sur -CLITUS. Comme il y a, cette fois, deux *loci*, on pourrait les réunir, si l'on veut sous le nom de *Corpus paramorphicum*, corps dont nous n'avons que les *membres*, en deux endroits séparés, ce qui ne constitue pas moins une différence considérable avec le simple hypogramme courant à travers toutes les parties de la pièce, ou plutôt est presque aussi clair que le paramorphe en un seul morceau.

— Lorsque deux noms se trouvent naturellement s'appeler l'un l'autre, ce qui arrive avant tout lorsque ces deux noms sont ceux d'un seul personnage, il est d'habitude presque rigoureuse, il est en tout cas d'un bon style « homogrammatique », que :

1° les deux mannequins se trouvent quelque part dans la pièce entrelacés (« conjugués »). Mais

2° que cet endroit tombe si possible sur le *Locus princeps* de l'un des deux noms. Enfin si 3° on obtient non seulement mannequin + mannequin ou mannequin + paramorphe, mais le double paramorphe au même endroit, tout ce qu'on peut désirer de plus parfait est réalisé évidemment [1].

---

1. Ms. fr. 3968. Cahier d'écolier sans titre.

On verra mieux, sur des exercices de lecture, comment Saussure utilisait le « mannequin ». Voici un passage de Virgile (le passage Tempus erat, Énéide, II, 268-297) auquel Saussure attribuait une importance particulière :

Aucune appréciation des anagrammes chez Virgile ne peut être portée sans une étude spéciale de ce passage, qui, à première vue, n'en contient aucun.

Le passage est, pour tout le poème, d'une importance centrale : c'est par lui qu'Énée reçoit la mission de transporter les Pénates troyens en Italie.

Moins encore que partout ailleurs on ne peut donc douter que les ressources totales de la poésie ne soient mises en œuvre, y compris l'anagramme, et quand on voit que le passage est sublime d'un bout à l'autre dans l'expression, ce n'est là pour moi aucune raison de repousser l'anagramme : non plus que je ne vois que les rimes aient empêché les expressions sublimes en poésie française, si elles ne les ont pas, plus d'une fois, inspirées.

La vision d'*Hector* appelle évidemment comme anagramme le nom d'Hector. Mais dès le premier moment, on doute qu'Hector avec la pauvreté de ses syllabes, dont l'une coïncidait de plus avec la banale terminaison latine de *victor*, *auctor*, etc., ait pu être choisi par Virgile. Un remplaçant quelconque de ce nom était nécessaire; Homère aurait pu prendre κορυθαίολος ou quelque épithète consacrée pour Hector. Virgile n'avait pas ce choix, et s'il ne prenait pas Hector, il prenait presque nécessairement *Priamidēs*, comme le seul nom suffisamment clair hors d'Hector.

Ce nom, qui n'est pas prononcé dans le texte, devient le thème d'une chaîne d'anagrammes ininterrompue, — mais qui est construite d'une manière particulièrement claire. En effet, à chaque anagramme est donné pour centre un *complexe-mannequin* imitant « Priamides » et les mots qui s'étendent autour de chaque complexe apportent exactement le complément nécessité par les syllabes qui manquent dans le mannequin.

Ier ANAGRAMME, marqué par le premier complexe imitatif :

tempus erat quo ‖ PRĬMĂ QUĬĔS ‖ ...

Sont réalisés dans le complexe même les segments :

| Prĭ .... ēs |

de *Priamides* [...]

IIe ANAGRAMME. Le prochain « mannequin » qu'on rencontre après | Prima quiēs | est

| PERQVĔ PĔDĒS |

[...]

IIIe ANAGRAMME. Son centre est donné, soit par la phrase (comme précédemment), soit par le complexe-mannequin

‖ PUPPIBUS IGNĒS ‖

[...]

IVe ANAGRAMME groupé autour du mannequin

‖ PLŪRĬMĂ MŪRŌS ‖

[...]

Ve ANAGRAMME. On doit probablement considérer comme complexe imitatif nouveau

EX- ‖ PROMERE VOCES ‖

quand même le P initial n'est pas tout à fait dégagé.

[...] [1]

Entre les vers 268 et 297 du chant II de L'Énéide, *Saussure ne décèlera pas moins de dix « mannequins » satisfaisants commen-*

---

1. Ms. fr. 3964. Cahier d'écolier sans couverture, intitulé *Le passage Tempus erat... du livre II de l'Énéide.* Saussure a ajouté au crayon bleu : *(à lire particulièrement).*

çant par P et terminés par S. Mais, à seconde lecture, il s'aperçoit
que le passage livre aussi le nom d'Hector comme mot-thème
possible. Les exercices sur Hector occuperont un petit cahier annexe.

Post-scriptum sur En. II 268 seq.
(Vision d'Hector)

Sans rien retrancher de l'idée que j'avais exprimée,
que, pour avoir un mot-thème offrant une certaine étoffe,
et permettant de dessiner l'anagramme, Virgile avait
dû choisir *Priamidēs*, je crois être allé trop loin en admettant
pour cela qu'il ne se préoccupait point d'*Hector* dans le
même morceau.

[...] Ayant plusieurs fois cherché ce qui me retenait comme
significatif dans ces syllabes, je ne l'ai pas trouvé d'abord
parce que j'étais uniquement attentif à Priamidēs, et
après coup je comprends que c'est la sollicitation que recevait inconsciemment mon oreille vers Hector qui créait
ce sentiment de « quelque chose » qui avait rapport aux
noms évoqués dans les vers.

< — Mais c'est peut-être à cause de la présence du mot
Hector dans les vers eux-mêmes [1]. >

Saussure cette fois trouvera sans peine le nom d'Hector repré-
senté dans huit anagrammes, entre les vers 268 et 290. Un même
morceau peut donc livrer, simultanément, deux systèmes d'ana-
grammes.

---

1. Ms. fr. 3964.

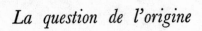

La question de l'origine

Saussure ne s'est guère interrogé sur les origines du procédé qu'il attribuait aux versificateurs grecs et latins. Il lui suffisait de pouvoir affirmer que le fait était constatable à toutes les époques, comme un permanent secret de fabrication. La diachronie, en l'occurrence, ne l'intéresse pas. Quel est le sens de la règle supposée qui oblige à passer par le mot-thème? Ce sens n'a-t-il pas varié au cours des âges? N'avait-il pas, au commencement, une motivation (rituelle, religieuse) dont le souvenir s'est perdu, et dont il n'est resté, à titre de reliquat, qu'une contrainte arbitraire, ajoutée aux contraintes du mètre et du rythme? Saussure est le premier à reconnaître que la loi de l'anagramme — si elle recevait confirmation — n'est pas de nature à faciliter le travail de composition...

Une fois cependant, dans l'un des cahiers consacrés à l'anagramme dans l'épopée grecque, Saussure s'est risqué à formuler des hypothèses génétiques. On lit dans le deuxième Cahier de notes préliminaires :

L'ANAGRAMME DANS L'ÉPOPÉE GRECQUE?

Assurément, et alors même que l'idée des anagrammes dans les pièces lyriques ne soulèverait plus d'objection, chacun peut hésiter pour beaucoup de raisons avant de l'admettre aussi pour l'épopée.

J'admets moi-même que si la chose est vraie elle suppose pour l'épopée des origines lyriques.

Mais sans m'effrayer beaucoup de la chose, et en concevant tout simplement les faits dans l'ordre évolutif suivant :

Il n'y avait à l'origine que de petites pièces de 4 à 8 vers. Par leur objet, ces pièces étaient ou des formules magiques, ou des prières, ou des vers funéraires, ou peut-être des vers chorégiques, toutes choses qui tombent, comme par hasard, dans notre classification « lyrique ».

Mais si, après une longue hérédité de pièces très courtes, et uniquement lyriques, la poésie se développait jusqu'au récit épique, pourquoi la supposerions-nous d'avance affranchie, sous cette nouvelle forme, de tout ce qui avait été régulièrement jusqu'alors la loi reconnue de la poésie ?

Logiquement, sans doute, il pouvait y avoir une raison de changer de système en changeant de genre. Mais l'expérience ordinaire en histoire montre que les choses ne se passent pas ainsi. — Et, pour donner la meilleure preuve qu'on aurait tort de compter même à aucune époque sur la raison logique, que savons-nous de la raison qui avait entraîné l'anagramme dans les petites pièces lyriques que nous plaçons à la base ?

La raison *peut avoir été* dans l'idée religieuse qu'une invocation, une prière, un hymne, n'avait d'effet qu'à condition de mêler les syllabes du nom divin au texte.

[Et dans cette hypothèse l'hymne funéraire lui-même au point de vue de ses anagrammes est déjà une extension de ce qui était entré dans la poésie par la religion.]

La raison *peut avoir été* non religieuse, et purement poétique : du même ordre que celle qui préside ailleurs aux rimes, aux assonances, etc.

Ainsi de suite. De sorte que la prétention de vouloir dire à aucune époque *pourquoi* la chose existe va au-delà du fait, et n'a pas beaucoup plus de raison de se poser à propos de la poésie épique que pour toute autre si on admet un enchaînement historique, ou plutôt une chaîne dont nous ne connaissons pas même le premier anneau d'une façon certaine.

Note. — Je ne puis parler ici de la poésie lyrique lesbienne, dont tous les restes montrent qu'elle était au plus haut point *phonique*, conformément à l'attente, mais probablement sans anagrammes, c'est-à-dire sans phonisme dirigé sur un nom, et cherchant la reproduction de ce nom.

La poésie homérique, au contraire, est *phonique*, au sens que nous donnons à *anaphonique* et *anagrammatique*, c'est-à-dire en se proposant, de moment en moment, de répéter les syllabes d'un nom déterminé.

Ce n'est que dans certains vers-formules que la poésie homérique paraît entrer dans la donnée phonique pure, hors de la question d'un nom à répéter [1].

Quelle qu'en ait été l'origine — religieuse ou poétique — c'est la persistance du procédé comme règle formelle qui intéresse Saussure. À supposer que l'origine ait été religieuse, la survivance de l'anagramme n'atteste pas une survie secrète de l'idée religieuse, mais la persistance d'une « forme » hors de son contexte initial, comme le linguiste en rencontre à tout moment. Les anagrammes sont devenus une contrainte de la composition, à l'égal de la rime dans la versification française traditionnelle. Dans l'hypothèse même où le nom d'un dieu aurait constitué le seul mot-thème recevable pour la poésie primitive, Saussure découvrait dans la poésie plus récente des noms propres humains, des épithètes, des noms de lieux, et même des noms communs — tous doués de la même fonction séminale. Le mécanisme allégué par Saussure n'est rien de plus qu'un rapport d'identité entre la suite des phonèmes de l'hypogramme supposé, et quelques-uns des phonèmes dispersés dans le vers intégral. Il s'agit, simplement, d'une duplication, d'une répétition, d'une apparition du même sous la figure de l'autre. L'on conçoit parfaitement

---

1. Ms. fr. 3962. Vers saturniens. Cahier rose sans titre sur la couverture. Le cahier est utilisé de l'autre côté sous le titre : *Saturnien. Cptes phonèmes. Inscriptions.*

que ce schème puisse demeurer pur et neutre : c'est ainsi que l'entend
Saussure, pour qui l'intelligibilité du fonctionnement est, à elle
seule, pleinement satisfaisante, et n'appelle aucune interprétation
supplémentaire.

   Toutefois, au prix d'une surenchère interprétative, et donc en
faussant compagnie à Saussure, le lecteur peut être tenté de voir
dans le schème fonctionnel de l'hypogramme, le symbole d'une
conception émanatiste de la production poétique. Le texte développé
est recelé à l'état d'unité concentrée dans le mot-thème qui le précède :
il n'y a pas, à proprement parler, de « création », mais un déploie-
ment, dans la multiplicité, d'une énergie tout entière déjà présente
au sein de la Monade antécédente. On sait que le même schème est
souvent mis en œuvre dans les doctrines qui remontent de la super-
structure à l'infrastructure, notamment dans celles qui visent à
rejoindre un contenu latent à partir des données offertes par les
expressions manifestes de la vie psychique, sociale, ou économique.
Il n'est pas impossible de reconnaître une parenté de structure
entre ces diverses activités explicatives, qu'elles prennent une forme
analytique ou déductive : la théologie de l'émanation se profile
derrière celles-ci, comme leur modèle commun. On notera que le
schème fonctionne de la même manière lorsqu'il y a passage de l'un
supérieur (divin) à la multiplicité mondaine, et lorsqu'il y a passage
de l'inférieur (la libido, par exemple) à la multiplicité des désirs
empiriques. Certains évolutionnismes sont une inversion de l'éma-
natisme. Dans les deux cas, c'est le devenir qui doit révéler l'être...
Pour ce qui concerne l'hypogramme, le mot-thème est l'unité
originelle présumée — présomption en dernier recours invérifiable.
Or le caractère problématique de cet exemple linguistique a ici
le mérite de nous révéler une difficulté inhérente à toutes les appli-
cations du même schème : l'on veut réduire la structure complexe à
une origine plus simple, et forger un antécédent supposé — par
une lecture sélective des constituants du phénomène étudié — de
telle façon que l'on puisse croire détenir le substrat concret, la raison
suffisante de ce phénomène, celui-ci étant désormais réduit au rang
d'effet, ou, plus exactement, de forme dérivée. L'antécédent supposé
est entièrement construit avec des éléments prélevés dans le phéno-

mène à interpréter (ici, la structure phonique du vers) : *le schéma émanatiste fonctionne à merveille si l'on fait le chemin inverse, c'est-à-dire si l'on se donne pour* materia prima *la quintessence que l'on a préalablement abstraite. Le mot-thème produit le discours développé, d'autant plus infailliblement que le linguiste aura déployé plus d'ingéniosité pour y repérer les phonèmes du mot-thème. Le germe est conjecturé à partir des éléments de la fleur : l'expérimentation devrait pouvoir trancher. Mais Saussure interroge des textes du passé : quelle expérimentation peut-on faire avec le germe hypothétique de fleurs antiques? Bref, nous voyons ici se profiler un risque d'illusion — dont Saussure était d'ailleurs fort conscient — et dont la formule pourrait s'exprimer ainsi : toute structure complexe fournit à l'observateur assez d'éléments pour qu'il puisse y choisir un* sous-ensemble *apparemment doué de sens, et auquel rien n'empêche* a priori *de conférer une antécédence logique ou chronologique.*

L'hypogramme (ou mot-thème) est un sous-ensemble verbal, et non une collection de matériaux « bruts ». L'on voit aussitôt que le vers développé (l'ensemble) est à la fois le porteur du même sous-ensemble, et le vecteur d'un sens absolument différent. Du mot-thème au vers, un processus a dû *produire le discours développé sur l'ossature persistante de l'hypogramme. Saussure ne cherche pas à connaître le processus intégral : il se contente de le supposer réglé par le respect de la persistance du mot-thème.*

Saussure le reconnaît : dans le discours développé, les phonèmes dispersés du mot-thème fonctionnent autrement que dans l'hypogramme ; dans celui-ci, ils sont liés primairement à la matérialité d'un mot. Dans le vers, au contraire, ces phonèmes sont liés directement à la matérialité d'autres mots, ils jouent leur rôle dans une nouvelle distribution de valeurs, et ils fonctionnent secondairement *comme* souvenirs *du mot-thème, comme signes d'une règle respectée, d'un pacte tenu. Saussure, à la différence du « critique littéraire », n'est pas à l'affût du sens neuf qui éclôt dans le discours développé : à travers les 99 cahiers de réflexion et d'enquête sur les anagrammes, il pourchasse la similitude, l'écho épars où se laissent capturer, d'une façon presque toujours identique, les linéaments d'un corps premier. Partout fonctionne la* même *loi anagrammatique, confir-*

mée d'exemple en exemple *(avec des résultats ici ou là reconnus moins satisfaisants)* ; *et dans chaque exemple particulier, les phonèmes du mot-thème se* redoublent, *se diffractent, de façon à constituer une présence sur deux niveaux.*

*L'on se demandera si ce n'est pas là l'une des conséquences de la quête d'une loi. Car une loi n'intervient que pour lier des éléments compatibles, pour les introduire dans le plan homogène de la corrélation, et les saisir dans des paramètres communs, les rendant ainsi mesurables selon les mêmes unités de mesure. Dans le cas présent, toute la recherche vise à définir l'*antécédent phonique *de la* substance phonique *du vers.*

Il est pleinement compréhensible que la théorie des anagrammes, avec son insistance sur les rapports de similitude, puisse intéresser aujourd'hui les théoriciens qui récusent la notion de création littéraire, et lui substituent celle de production. *Toute création suppose une coupure radicale entre le créateur et la créature, une différence d'essence. Néanmoins, la notion de production (avec ce qu'elle implique de travail transformateur) n'est qu'imparfaitement conciliable avec l'hypothèse émanatiste que nous avons un instant évoquée : la production littéraire n'est pas la manifestation diffusive d'un Tout qui était d'emblée présent* in nuce, *elle n'est pas le mouvement spontané à travers lequel les mêmes éléments passent de l'état de pure présence à soi, à celui de présence à autrui et de présence en tant qu'autre... Au reste, hâtons-nous d'ajouter que nul sous-entendu « mystique » n'est décelable dans la théorie de Ferdinand de Saussure. Il eût, à coup sûr, repoussé toute interprétation émanatiste des hypogrammes. Le mot-thème n'est, pour lui, rien de plus qu'une donnée matérielle dont la fonction, peut-être primitivement sacrée, se réduit très tôt à une valeur d'appui mnémonique pour le poète improvisateur, puis à un procédé régulateur inhérent à l'écriture elle-même, tout au moins dans la langue latine. Saussure n'a jamais affirmé que le texte développé préexiste dans le mot-thème : le texte se construit sur le mot-thème, et c'est là quelque chose de bien différent. Le mot-thème ouvre et limite tout ensemble le champ de possibilité du vers développé. C'est un instrument du poète, et non un germe vital du poème : le poète est astreint à réemployer les matériaux phoniques du mot-thème, si possible dans leur séquence normale. Pour le reste, le poète en agit à sa guise, distribuant les mots et les phonèmes de façon à satisfaire aux autres règles de la versification et de l'intelli-gibilité. Le mot-thème est certes l'antécédent du discours : mais nulle part Saussure ne nous laisse entendre que par un mystérieux privilège, le mot-thème contiendrait* déjà, *sous forme concentrée, le discours qui prendra appui sur lui. Il ne fait que se prêter au jeu de la* com-position *: après avoir eu la densité d'un mot plein, il desserre ses mailles phoniques pour devenir un canevas.*

Mais qu'en est-il du lecteur et de l'auditeur non prévenu? Reconnaît-il, dans le discours poétique, le mot qui en constitue le canevas? Saussure présume que, pour ce qui concerne le public latin, il faut répondre par l'affirmative. Le lecteur, l'auditeur, savaient discerner la parole sub-posée, *et ceci même lorsqu'un poème comporte une pluralité de mots-thèmes.*

Nous livrerons ici un exemple très développé de la recherche de Saussure : l'analyse d'un vaticinium *rapporté par Tite-Live (V, XVI). Il s'agit d'une réponse de l'oracle de Delphes adressée aux Romains. Que le nom d'Apollon se laisse lire cryptographique-ment ne nous étonnera pas, puisque c'est lui-même qui parle dans ce texte :*

VATICINIUM « AQVAM ALBANAM »

Tite-Live, V, 16, 8 : — il s'agit du siège de Véïes — : Jamque Romani, desperata ope humana, fata et deos spectabant, cum legati ab Delphis venerunt, sortem oraculi adferentes congruentem responso captivi vatis : Romane, aqvam Albanam, cave lacu contineri etc.

Pour pouvoir me reporter à telle ou telle ligne, je divise le texte en vers à peu près de la même manière que Havet, De Saturnio, pp. 263 seq.

    1. Romane, aqvam Albanam cave lacu contineri,
    2. Cave in mare manare suo flumine siris [1].

---

1. *Siris* pour *sinās* des mss. Hermann, Havet, etc. — Le vers l'exige.

3. [Manu ?] emissam per agros [rite] rigabis [1].
4. Dissipatamqve rivis exstingves.
5. Tum tu insiste audax hostium muris,
6. Memor, qvam per tot annos obsides urbem,
7. Ex ea tibi, his qvae nunc panduntur fatis,
8. Victoriam datam. Bello perfecto,
9. Donum amplum victor ad mea templa portato,
10. Sacraqve patria, qvorum omissa cura est,
11. Instaurata ut adsolet facito.

Il se pose pour ce texte un problème absolument particulier, que je m'étonne de ne pas voir abordé par Havet.
Les Allemands, ayant en général traité les trois vaticinia
cités par Tite-Live comme inutilisables pour le Saturnien,
n'avaient pas à l'aborder.

La circonstance particulière est que, tandis que les
deux autres vaticinia se rapportent à des événements de
212 avant J. Chr., celui-ci est mêlé à l'événement de la
prise de Véïes, 396 avant J. Chr.

Si le morceau est authentique, on se demande non seulement par quelle voie il a pu arriver jusqu'à Tite-Live
dans sa textualité, mais sous quelle forme, au point de vue
de la *langue*, ce morceau était offert à l'historien avant qu'il
nous le rende en latin du siècle d'Auguste. L'écart des
formes linguistiques, si l'on imagine vraiment que la
composition soit de 396 ou 397, est une inconnue qui rend
paradoxal tout le reste, comme la conservation du texte
en une suite claire et intelligible, et en vers en grande partie
acceptables comme Saturniens. Les questions diverses
de langue, de texte cohérent, de métrique, de date et

---

1. *rīte* à restituer presque sûrement avec Havet, car Tite-Live, paraphra-
sant ensuite le texte, dit : ... « tum si eam Romanus *rite* emisisset, victoriam
de Vejentibus dari ». — Quant à *manu*, il figurait dans des manuscrits aujour-
d'hui perdus, au témoignage de Muret. Il est vrai avec *missam* (manu missam)
au lieu de *emissam*.

d'authenticité, se mêlent ou se heurtent d'une façon étrange en cette affaire.

Mais comme, par l'analyse phonique, on arrive à des résultats tout à fait surprenants et favorables, si je ne me fais les plus grandes illusions, à la date très ancienne de cette pièce, je préfère provisoirement me figurer, ce qui résoudrait à peu près les perplexités, que Tite-Live avait trouvé le morceau dans quelque Fabius Pictor, lequel l'aurait lui-même tiré d'un document authentique de plus haute date. Par cette chaîne, ou cette échelle, l'ascension jusque vers les régions de 396 a quelque chose de moins vertigineux. On avait pu « traduire » une ou deux fois en latin plus moderne le texte, sans l'altérer positivement.

Dans l'hypothèse où on se place en 397, espérer rattraper la forme exacte de tous les mots est naturellement vain et absurde. Mais il serait non moins absurde, d'autre part, de nier que deux ou trois *traits généraux* de l'aspect *phonétique* des mots ne soient donnés par cette date même, à l'instant où on l'accepte; et que, ou bien il ne faut pas entreprendre du tout de sonder le texte au point de vue de ses phonismes poétiques, ou bien, sur ces traits généraux, il faut se placer devant un latin qui puisse être du IVe siècle.

Les points entraînant une correction méthodique et systématique de cette espèce seront, comme chacun en sera d'accord :

1. Tous les *ŭ* pour *ŏ* doivent être supposés encore (en 397) à l'état de *ŏ*. (Peut-être cependant quelques *ŭ* intérieurs pour *ŏ* ?).

2. Tout *ū* pour *oi* est encore *oi*. Naturellement aussi *ū* pour *ou* est *ou*.

3. Tout *ī* pour *ei* est encore *ei*, et la seule question qui pourrait se poser serait de savoir si, à leur tour, les *ei* qui proviennent de *oi* en finale n'étaient pas préservés comme *oi*. J'admets *ei* partout pour ma part, et les anagrammes paraissent l'exiger.

4. *R* intervocalique pour sifflante ne fut marqué *R* que depuis Appius Claudius Cæcus, censeur en 312 avant J. Chr. Les générations précédentes ont dû connaître un *Z* plus ou moins chuintant sans qu'on puisse dire s'il ne frisait pas le son de l'*r* depuis bien longtemps déjà. Je note *ŗ* l'élément en question.

5. Apparemment *-d final* ne devait être tombé nulle part. Mais j'avoue que je ne trouve pas les anagrammes d'accord avec ce point. La conservation du *d* jusque dans l'époque historique peut avoir été le fait de la position syntactique devant voyelle, à l'exclusion des autres (*eqvōd ego* contre eqvō primum, ou *eqvō*/à la pause), et ainsi les chutes de *-d* peuvent être plus anciennes qu'on ne suppose.

6. L'affaiblissement de *ă* post-initial (*talentum* pour *talăntum*, etc.) ne concerne heureusement qu'une seule forme du texte : *perfecto*, vers 8. Le cas est, du reste, complexe, car pour *perfecto* intervient la question indépendante de l'époque *où les préverbes ont fait corps avec le verbe*. Il y a pour ainsi dire deux chances au lieu d'une en faveur de *per-făcto*, comparativement à ce que serait le cas de *talantum-talentum*.

7. L'affaiblissement de *ĕ* post-initial en *ĭ* entre en question pour quatre formes : flumĭne facĭto (?); et les composés verbaux contĭneri, obsĭdes (« tu assièges »). — Plus encore que pour le participe, la question morphologique de l'union plus ou moins intime du préverbe avec ces formes du verbe fini reste ouverte, et n'a pas des conséquences seulement pour le vocalisme du verbe, mais aussi pour la forme exacte du préfixe (*con*tineri ou *com-t*ineri ?).

   e

8. Les abrégements de syllabe finale n'avaient, sans doute, eu lieu nulle part, donc *victōr* etc. — (Les abrégements *métriques* de mots ïambiques, *cavĕ* pour *cavē* etc.,

peuvent avoir été en usage dès cette époque et sont indépendants de la forme linguistique).

9. Initial *ĕ* dans *in* etc. est-il *ĕ*? Pour la préposition *in* (employée comme telle) l'atonie peut avoir de bonne heure favorisé *in*. Je répète le texte en appliquant les observations qui précèdent :

1. Romane, aquăm Albanăm cavē $\begin{cases} \text{lacū com-tĭnēri} \\ \text{lacou com tĕnēri ?} \end{cases}$

2. Cavē in măre mānāṛe $\begin{cases} \text{suo floumĭne} \\ \text{sovo floumĕne} \end{cases}$ seiṛīs

3. $\begin{matrix} \text{[Manud ?]} \\ \text{[Manou ?]} \end{matrix}$ ē-missăm per agros [*rite*] rĭgābis

4. Dissipatămque rīveis exstingvēs

5. Tŏm tū $\begin{cases} \text{īnsiste} \\ \text{ĕn-siste} \end{cases}$ audax hostiom moireis

6. Memŏr quăm per tot annos $\begin{cases} \text{obsĭdēs} \\ \text{ob-sĕdēs} \end{cases}$ urbem

7. Ex eā tibei heis qvai nūnc $\begin{cases} \text{panduntur} \\ \text{pandŏntor} \end{cases}$ fateis

8. Victoriăm datăm. Dvellō $\begin{cases} \text{perfectō} \\ \text{per-factō} \end{cases}$

9. Dōnŏm amplŏm victŏr ad mea templa portatō;

10. Săcrăque patria qvōṛŏm $\begin{cases} \text{ob-missa} \\ \text{om-missa} \end{cases}$ coiṛă ĕst,

11. $\begin{cases} \text{Īnstaurata} \\ \text{En-staurata} \end{cases}$ ut ad-sŏlēt $\begin{cases} \text{facĭtō} \\ \text{facĕtō} \end{cases}$

Les anagrammes que je ne puis m'empêcher de lire dans ce texte, sont tous cryptographiques, c'est-à-dire se rapportent à des noms ou à des mots qui ne sont pas prononcés au cours de la pièce.

Il s'agit d'un oracle rapporté de Delphes. Peu importe qui fut chargé de lui donner les formes de la poésie sacrée latine et si cette traduction se faisait par les soins de l'autorité romaine ou par ceux de l'oracle lui-même. Il est certain, du seul fait que le texte est évidemment versifié, qu'on voulait comme réponse du dieu un carmen dans toutes les formes, pour ainsi dire autonome, et indépendant de l'interprétation d'une langue étrangère. S'il en est ainsi, il n'y a aucune raison pour que le côté phonique et anagrammatique de toute versification saturnienne soit moins observé que les autres dans la présente pièce.

Il est plus que probable d'avance, en entrant dans cette hypothèse, que le nom d'Apollon ne peut manquer.

C'est dans la seconde partie du morceau qu'il est exécuté. Parmi les raisons naturelles qui expliquent le choix de cette place, il y a celle-ci que c'est à partir du vers 8 que le dieu prend la parole, directement et avec le mot *mea*, et que c'est au même endroit qu'il quitte ce qui concerne l'Italie et Rome pour rappeler que Delphes attend aussi sa part de la victoire. — Les vers 8[b] et 9 exécutent donc le nom du dieu, et cela deux fois sinon trois, en une ligne et demie :

Premier anagramme :

AD MEA TEMPLA PŎRTĀTŌ

Le κῶλον commence par *A* - et finit par - *Ō*, formant ce que j'appelle « un complexe anagrammatique » pour *A*pollō. Mais tout *complexe* ne contient pas nécessairement les éléments intégraux de l'anagramme. Celui-ci les contient, avec la seule inexactitude que le mot est traité comme APOLO par un *l* simple :

Après que *Ad* a servi à marquer la position *initiale* de l'*A*- dans *Apollo*, on reprend cet *a* au point de vue syllabique, et le passage

templ -*A* P*Ŏ*-rtato

amène la bonne moitié de Apo-lo.

Quand l'anagramme n'est pas dispersé, mais se passe à l'intérieur d'un complexe restreint, et aussi bien marqué par une *initiale* et une *finale* que celui-ci, on est moins exigeant sur la représentation des groupes : c'est sous ce point de vue qu'il faut juger le *L* de *templa*, quoique en somme, cet *L* étant non seulement en contact (du mauvais côté) avec *APO-*, mais encore *précédé* de *P* pour que le *PL* rappelle la syllabe *POL-*, se trouve ainsi entouré de bien des signes indicateurs de sa valeur.

Le *tō* de *portatō* ne pourrait apporter le *ō* d'*Apollō* dans les conditions ordinaires, mais étant terminal de *complexe* en même temps que de mot, on peut dire que l'*ō* final d'*Apollō* est marqué d'avance par cet *ō*.

Deuxième anagramme :

Dōnŏm AMPLŎM VICTŎR

Si c'est *Apollō* au nominatif qui est visé comme dans le premier anagramme, il faut déclarer celui-ci d'une qualité assez inférieure.

On voit bien *A-* initial, et ensuite *PLŎ* qu'on peut accepter pour *PŎL ;* mais le *ō* de *victōr* qui n'est *ni final*, ni, *en outre*, accompagné d'aucun signe de raccordement avec *Apollō* serait une représentation plus que misérable. Son seul point d'appui serait qu'au point de vue de la suite des sons il arrive au bon endroit après A + PLŎ-, ou ce qui revient à peu près au même, que

Amplum victŌ-(r

se rapproche de la figure du « complexe anagrammatique », où les éléments initial et final, par leur correspondance interne et mutuelle, sont toujours dispensés de droit de la condition ordinaire de figurer dans un polyphone (diphone ou autre), et peuvent être donnés monophoniquement.

[L'autre supposition serait que *dōnom* concourt à l'anagramme et que celui-ci aurait en vue le datif d'Apollo, encore sous la forme calquée sur le grec, c'est-à-dire Apollōnei. On tirerait de *dōnom* le diphone -ōn-. Pour

ce qui est de -*ei*, il serait nécessaire d'admettre *veictōr*
avec *ei*, donc classique *vīctor* du même coup. J'ai,
sur ce point, consulté mon ami E. Muret qui me dit
que le nom de lieu de *Vitry* (Victoriacum) serait favo-
rable à *vīctor* par *ī* long, et qu'il ne voit pas d'autre
mot roman pouvant donner témoignage. — Comme
diphone, *ei* aurait à la rigueur le droit d'être ainsi donné
hors de tout entourage; mais il n'est pas final, et devrait
l'être].

Métriquement il n'est pas certain du reste que *dōnum*
appartienne au vers 9 et par conséquent au même κῶλον que
Amplom victor ; et on a vu que l'anagramme n'utilise pas
ce mot, si son objet est le *nominatif Apollo*. Écartant du
vers 9 *dōnom*, on aurait la forme assez remarquable pour
l'ensemble du vers :

Amplom victōr|*Ad mea templa portatō,*|

le vers entier étant compris entre un *A*-... et un ...-*O*, outre
la symétrie des parties.

Troisième anagramme (?) ou *Complément aux deux premiers :*

Les mots *dvellō perfectō* ont en tous l'importance de
premier ordre d'être postés à côté des deux anagrammes
Amplom- et *Ad mea*- pour leur tendre le fragment phonique
qui leur manquait pour être vraiment en règle.

En effet aucun des deux ne tenait compte du double *LL*
d'*Apollō*, et ce double *LL* est apporté par *dvellō*, qui se
donne la peine de répéter toute la syllabe - *llō* et de la répéter *comme finale*.

Une autre question est de savoir si *dvellō perfectō* veut
esquisser lui-même un anagramme indépendant sur le nom
d'*Apollō*. Ce ne serait naturellement possible que si nous
sommes premièrement devant *per-făctō* au lieu de *perfecto*,
et en accordant, même dans ce cas, une ou deux fortes
licences. Même il faudrait ranger un tel anagramme dans

certaines formes inférieures qui se rapprochent quelquefois de l'anagramme graphique moderne.

— On a bien *p* en contact immédiat avec -*llō* (dvellō *p*er) ce qui est une condition relativement bonne, puisqu'elle tend à concentrer les éléments vers le même point. Mais l'*a* et l'*o* de -*facto* sont semés au hasard, et je ne parle pas du fait qu'il faudrait prendre cet *ō* de -*factō* pour l'*ŏ* bref d'Apŏll-.

Aussi vaut-il mieux regarder *dvellō perfecto*, ou *perfacto*, comme destiné simplement à compléter les anagrammes voisins par son -*llō*; en l'accompagnant par luxe d'un *p*, et peut-être d'un *ă* concomitants.

Sur l'anagramme d'*Apollō* indépendant de ceux-ci et dont le foyer est dans le complexe qui termine la pièce *(Adsolet facitō)*, v. plus bas.

Anagramme du nom de Delphes. Il est naturel de le chercher avant tout là où il est question de l'offrande à acquitter à Delphes, ou bien d'Apollon lui-même, donc dans le même passage que tout à l'heure.

Effectivement — à côté de *Amplum victor* ou *Ad mea templa* dont l'*A* présageait *A*pollo — on voit pourquoi le κῶλον *Dvello perfecto* commence par un D. Car il n'y a qu'à continuer après le D pour trouver *D. ĔL...P...*

Pour chercher la suite, on est forcément obligé de se faire une opinion par hypothèse : 1° sur la manière dont un φ grec devait être rendu; 2° sur le mot ou la forme qui peut être dans l'idée de l'anagrammatiste, car on peut songer à *Delphos* (apporter à Delphes) ou *Delpheis* (Apollon résidant à Delphes, ou Apollon parlant *de* son siège de Delphes), ou même à *Delphicus* qui supprimerait les deux alternatives.

Mais il faut plutôt prendre toutes ces alternatives et voir si l'une d'elles trouve une confirmation plus décidée d'après le texte. Provisoirement sans trancher entre P et PH pour la question phonique :

1. *Delp(h)icus*. En faveur de *Delp(h)icus* il y aurait

a) Le fait que le *p* de *perfecto* est suivi d'un *c*, ce qui donne le canevas consonantique :

$$\frac{\text{Dvello perfecto}}{\text{D - L - P - \ C -}}$$

b) « donum amplum victor » apporterait le *ĭc* dans la bonne suite après *Dvĕllo p-*. Même si la forme était *vĕ-ĭc-tor*.

c) Dans le passage final du morceau, où on verra que 5 ou 6 anagrammes sont repris simultanément, les mots *aDsoLetfaCĬto* montreront *CĬ* après le *D-le-* se rapportant à Delphes.

Anagramme de Pūtia, *la Pythie*.

Deux conclusions auxquelles j'étais arrivé pour des raisons *indépendantes de cet anagramme*, et avant de m'être avisé de sa présence, sont que, dans les deux vers de la fin :

1) Le P de *patria* sert *en commun* pour tous les anagrammes que ces deux vers répètent, et qui sont, entre autres, « Apollo » « Delp- » etc... La lettre P étant celle qui était commune au plus grand nombre, dans ce passage où il fallait accumuler les anagrammes.

Que 2) il fallait probablement lire — sans dommage pour le vers — *uti adsolet*, non *ut adsolet*, au dernier vers.

Or, en prenant précisément ledit *P* et en le joignant à *-ŭti a/dsolet*, on a, sans autre inexactitude que celle de la quantité de l'*u* : *P-ŭtia*, et remarquons-le tout de suite, *avec observation de l'hiatus :* PUTI^A. En outre, si dans *Putia* le *p*, à la différence du cas d'*Apollo*, est de l'espèce *initiale* pour l'anagramme, nous voyons que *patria*, où le *p* a été puisé, l'offre comme initiale, et qu'il n'y a donc rien à reprendre de ce côté-là.

Au premier moment on pourrait aller plus loin et dire

que *PatriA* fait office de mot-mannequin pour *PūtiA*. Non seulement les lettres extrêmes coïncident, mais le *t*, le *i* + *hiatus*, et le *nombre des syllabes*. Ce n'est peut-être pas à rejeter comme sans intérêt possible, mais je dois dire que l'ensemble de ce qui concerne le mot me paraît suggérer fortement :

« *Pūtiās* »

et non le nominatif. (*Pūtiās* étant, comme on voudra, vieux génitif latin, ou copie du génitif grec.)

Dans *uti adsolet, a* n'est pas *final*. Cette circonstance toutefois n'aurait pas d'importance dans le passage terminal du morceau où ces mots figurent, et où tant d'anagrammes se pressent qu'on ne pouvait tenir compte des finesses, ni même des quantités régulières. Ce que je retiens en revanche, c'est la présence de *S* presque immédiatement après l'*a* : *uti a(d) S*olet.

Tous les autres anagrammes des vers 10-11 étant la répétition d'anagrammes déjà donnés comme Apollo etc., on doit supposer que, de même, *Putia*, ou *Putias*, se trouve plus haut.

On le retrouve, en effet, quoique toujours avec une brèche qui n'est qu'imparfaitement replâtrée, et qui provient de la difficulté qu'avait l'anagrammatiste à se procurer une syllabe *pū*- ou *pŭ*- (difficile en effet, si l'on songe à tous les *ŭ* qui étaient encore *ŏ* à l'époque).

11 Oct. — Je dois renoncer, comme pour l'autre Vaticinium, à faire le reste de mon exposé.

Les anagrammes par lesquels j'ai commencé et qui ont seuls été abordés, ne sont que secondaires. Ce qui ferait l'intérêt sans pareil du morceau — si les déchiffrements auxquels je suis conduit ont une consistance — c'est que l'on en verrait sortir un anagramme nous transportant en plein au milieu des circonstances historiques auxquelles Tite-Live le rattache, anagramme qui ne serait autre que celui de Camille lui-même.

Je n'ai conçu cette hypothèse que parce que plusieurs vers donnaient le chiffre consonantique complet ou approximatif M P R T R qui — malgré ce qu'a d'étonnant le *m* à une époque archaïque — semblait marquer *imperator*. Le mot *imperator* ou *emperator* en son entier était d'ailleurs recomposable entre autres dans le vers

$\Big\{$ Emissam per agrōs [rite] rigabis. — S'il y avait un *impe-*
$\Big\{$ Em   per a rō   r-t(e)

rator, apparemment il devait être nommé, et ne pouvait être (en se plaçant dans l'hypothèse générale quoique invraisemblable où le document serait de l'époque) autre que Camille.

Ce dernier avait pour noms *Marcus Furius Camillus*, du moins si le prénom de *Marcus* n'est pas par hasard une erreur du Dictionnaire Bouillet (toujours ma seule autorité!!) — car il y a par-ci par-là confusion chez les historiens entre Marcus et *Manius*. Toutefois la rareté de ce dernier prénom me garantit presque qu'on peut tabler sur Marcus.

Dans ce cas, si en laissant de côté les autres traces de Marcus dans le reste du texte on prend le second vers *Cave in măre mānăre* (en admettant qu'ici le *c* soit un peu excentrique) on est conduit par la répétition des *e* finals à croire à *Mārcĕ* au vocatif, ce qui est négativement appuyé par le fait qu'il n'y a pas une seule finale en *-us (-ŏs)* d'un bout à l'autre du texte.

Dès lors le nom de gens *Furius* doit être cherché également au vocatif *Fūrī*, ou plutôt *Fourī*, le *ou* étant épigraphiquement attesté pour ce nom : c'est ce qu'on trouve à la suite de *cave in mare manare* :

Suo *floumine seirīs*

Le groupe initial *flou* — marque l'initial *FOU* — (d'autant plus aisément que le *l* est impliqué dans l'anagramme concurrent de *Cămillĕ*). Ce FOU est suivi de *RĪ* dans *seirīs*. Mais ici surgit la question de la qualité de l'*r*, car le nom de *Furius* est pour *Fusius* si on peut se fier à ce passage du Digeste : *R litteram invenit* [Appius Caecus], *ut pro Valesiis Valerii essent, pro Fusiis Furii*. Il s'agit donc de *Fouṛī*, mais c'est précisément là la qualité de l'*r* de *seiṛīs*. D'autre part, vu que les deux *r* provoquaient déjà une impression plus où moins analogue, il n'était pas défendu *pour une indication accessoire*, de se servir [1] d'un *r* pour l'autre, et c'est ainsi, je crois, que nous avons la correction de *seiṛīs* au point de vue de la *finalité de l'ī* dans

comtinē-rī

du vers 1. Les deux formes combinées marquent bien *Fouṛī* avec *ṛ* sifflant, mais aussi avec *ī* final.

Les quatre syllabes de *Mārcĕ Fouṛī* se suivraient donc au vers 2, presque sans autre transposition que celle du *c*.

Mais ce *C* conduit à autre chose. Si nous sommes vraiment en présence d'un vocatif, il faut que quelque chose accompagne ce vocatif pour le justifier, et l'hypothèse la plus simple — ou *plus simple que de* supposer toute une phrase — c'est de penser à un simple salut de bon augure par *Ave*.

Alors le *C* de « *Mārce* » ne paraît plus aussi arbitrairement logé à distance de *mare mānāre*; en effet tout l'ensemble *cave — mare manare* ne fait pour ainsi dire qu'un, et signifie *Avē Mārce* par simple démembrement de *c-ăvē* : ce qui est en même temps une sorte d'excuse pour l'*a* de *Ave* de ne pas être rendu par un *a* initial.

On peut maintenant passer au vers 1 : là nous trouvons

---

1. C'est ce qui est confirmé par l'anagramme « ORĂCŎLŎM », un des plus sûrs de ce vaticinium, dont je n'ai pas eu le temps de parler plus haut, et pour lequel, à côté de *qvŏṛom* (vers 10), fonctionnent d'autres groupes avec *r* ordinaire comme celui de *vict-ŏră-d mea templa* (vers 9). Et dans le vers 2 lui-même le *ṛ* de *mānăṛe* appuie inversement le *r* de *măre* pour le mot « Marce ».

le *A* initial de *Ave*, cette fois enchevêtré avec le *Cam -* initial de *Camille* :

> Acv*am* albanam ...
> A v -
> C am- l

Mais en même temps, comme on a *Aqvam Albanam* CAVĒ *lacu*, nous voyons qu'il faut recommencer le dédoublement : détachant le *C* de *c-avē* on a la fin de *Avē* dont *a(q)vam* avait marqué le *A* comme initial. Réciproquement, détachant le *-ve* de *cavē*, on a un *Ca* initial qui vient corriger, pour *Camille*, le groupe non initial *cam* — qui était fourni par le même *a-q-v-am-*. Il y a de nouveau un *l*, celui de *lacu* à la 3e-2e syllabe après le *ca* de *cāvē*, comme à la 3e-2e syllabe après le *cam* de *aqvam al*, de manière à rappeler Cami*l*le.

Au verso de la dernière page figure ce résultat final :

Le texte complet que j'entreverrais avec plus ou moins de certitude pour l'ensemble du cryptogramme serait :
  I. Ave Camille
     Ave Marce Fouṛi
        Emperator.
 II. Dictator ex Veieis
        triump(h)abis.
III. Oṛacolom Putiās Delp(h)icās.
 IV. *Apollo* reste en l'air.
     Il y a peut-être *Pūthios Apollo*,
     avec le *thios* dans *hosti-um*
             = tihos
             = thi͡os [1].

---

1. Ms. fr. 3962. Feuillets mis au net, presque sans ratures.

Curieusement, la recherche aboutit à la mise en évidence d'une déclaration rudimentaire, où s'articulent salutations et présages, adressés à l'imperator, tandis que le nom du dieu, signature du vaticinium, première évidence dégagée par le linguiste-décrypteur, reste finalement en suspens (« en l'air »). Les divers mots-thèmes ont ainsi révélé successivement celui qui parle (en l'occurrence le dieu), celui à qui il est parlé (l'imperator), et ce dont il est parlé (la capture de Véies). Développée dans toute son ampleur, l'anagramme devient un discours sous le discours.

★

Dans l'admirable préambule du De rerum natura, Ferdinand de Saussure décèle la présence obsédante du nom d'Aphrodite. L'invocation à Vénus se construit sur le nom grec de la déesse : bien davantage, il continue à retentir alors même que l'invocation a pris fin. Tout se passe donc comme si le poète avait voulu, dans l'acte même de la composition, démontrer une fécondité, une puissance productive, dont le nom d'Aphrodite serait la source. Saussure n'irait-il pas jusqu'à croire que Lucrèce renoue, plus ou moins consciemment, avec la motivation religieuse primitive de l'hypogramme? Pas un mot, dans le commentaire, ne formule cette supposition. A aucun moment n'apparaît l'hypothèse — si séduisante pour nous — d'une émanation des cinquante premiers vers du premier Chant à partir de la substance phonique d'Aphrodite, — de son corps verbal : don maternel et amoureux d'une chair sonore, diffusion d'une présence fondamentale à travers le chant de louange. Ce qui prévaut, c'est la pesée des syllabes, le travail de repérage, l'écoute analytique, la mise en évidence du fait. Nous savons que, faute de meilleures preuves, Saussure cherche l'indice de l'hypogramme dans un groupe de mots dont le phonème initial et le phonème final correspondent à ceux du mot-thème supposé. Il désigne ce groupe sous le nom de mannequin : un mannequin vraiment complet, nous l'avons vu, n'aura pas seulement même commencement et même terminaison que le mot-thème, il en contiendra aussi la *plupart des constituants phoniques* [1]. *Toute l'attention de Saussure est orientée vers ce travail d'extraction. Les phrases successives sont, pour ainsi dire, radiographiées : elles doivent laisser apparaître l'ossature sur laquelle elles se construisent.*

*On remarquera que le nom qui apparaît dans le texte est celui de Venus, et non pas celui d'*Aphrodite. *Tout se passe donc comme si le* mot-thème *présent à l'esprit du poète tendait à se reproduire tout en se* traduisant!

Pour faciliter la lecture des analyses phoniques de Saussure, nous donnons ici, préliminairement, les treize premiers vers du poème de Lucrèce. (La suite du texte latin est citée plus loin.)

[1]　　*Aeneadum genetrix, hominum diuomque uoluptas,*
　　　　alma Venus, caeli subter labentia signa
　　　　quae mare nauigerum, quae terras frugiferentis
　　　　concelebras, per te quoniam genus omne animantum
[5]　　*concipitur, uisitque exortum lumina solis.*
　　　　Te, dea, te fugiunt uenti, te nubila caeli
　　　　aduentumque tuum, tibi suauis daedala tellus
　　　　summittit flores, tibi rident aequora ponti,
　　　　placatumque nitet diffuso lumine caelum.
[10]　　*Nam simul ac species patefactast uerna diei,*
　　　　et reserata uiget genitabilis aura fauoni,
　　　　aeriae primum uolucres te, diua, tuumque
　　　　significant initum perculsae corda tua ui.

I, 1 seq. Afrodītē — Ap(h)rodītē

L'invocation à Vénus qui ouvre le *De rerum natura* s'inspire, pour l'anagramme et les assonances, du nom grec de la déesse, — ainsi qu'en use Virgile dans les morceaux relatifs à Vénus.

Les treize premiers vers se partagent, par la ponctuation, en trois phrases :

　　　　　　　　　phrase 1-5.

1. *Cf.* supra, p. 35.

phrase 6-9.

phrase 10-13.

A chacune de ces phrases correspond un anagramme d'Afroditē.

Je commence par le 3ᵉ anagramme (10-13) :

MANNEQUIN | Aëriae prīmum vŏlucrēs tĒ | ¹

Détail des syllabes :

Ă- : marqué comme initial par le mannequin.

ĂF- : *aurĂFavōnī*, très bien souligné soit par le premier *a* d'*aura* qui rappelle la position initiale de la voyelle, soit par le groupe *-ōnī*, évoquant *-ŏdī-*.

[-FR-] : Vu la possibilité que le Φ grec de cette époque fût l'affriquée *pf* — ce qui résoudrait beaucoup de cas de concurrence entre *p* et *f* dans les anagrammes latins ayant pour modèle un mot contenant Φ, — il est prudent de ne pas négliger entièrement le *pr* qu'on remarque dans le mannequin *(prīmum)*, escorté par un *ī* (Aphrodī-).

-RŎD- : Est rendu par *-ŏrd- : perculsae cŎRDa tuā vī* (13). La licence est moins forte si le *pr* de *prīmum* compte pour groupe *phr* (pfr), parce qu'alors la position de l'*r* aura reçu une détermination.

-DĬ- : *tē DĬ-va tuumqvĕ* (12). Aussi bien placé que possible : notamment *TuumqvĒ* marque ce qui vient après le *-dī-*.

---

1. Le vers 12 *dans son entier* forme mannequin. Le complexe cité plus haut n'est qu'un premier compartiment, toutefois plus caractéristique par son *tē* que le complexe total :

   ‖ *Aëriae primum volucres tĒ | diva tuumqvĒ* ‖

[Lire probablement tuŏmqve.]

Surérogatoirement, *DĬ-ē̄-ī* (10) : toute la
fin de vers *patefactast vērna di ēï*

        A - F -   R - DI-Ē-

affecte d'imiter vaguement le mot-thème.

-IT-   : 1° *significant in -IT- um* (13). Le *f + a* mêlé
au quintuple *i* qui expire en *-it* dans ce
groupe de mots produisent un effet efficace
pour rappeler *af-it*.

2° *viget gen-IT-abilis* (11). Voyelles
I-E-E-I- soulignent le *it*.

-TĒ   : termine le mannequin.

Anagramme de la phrase précédente, vers 6-9 :

MANNEQUIN | Adventumqv**E** | (7)

Détail des syllabes :

Ă-   : marqué comme initial par le mannequin.

ĂF- [1]   : Cet anneau, sans être strictement exécuté,
est fortement indiqué par le moyen de
tē deă tē fugiunt (6).

L'oreille est d'autant plus disposée à unir
ă-f (deă-fugiunt) que la répétition du *tē* en
fait un couple symétrique qui se détache
tout seul du reste, laissant ressortir seulement *deă fugiunt*.

-FRO-   : C'est en somme sur *flŏrēs* pris comme
« frō-lēs » que repose la figuration : seulement
il est juste d'ajouter que le vers tout entier,
à part la première syllabe *sum*, n'est qu'une
suite de syllabes anagrammatiques ou asso-

---

1. *ĂP-* est bon à noter en vertu du principe dont nous avons parlé ci-dessus,
[p. 81] touchant le Φ. Ce groupe *ĂP-* s'offre dans *aeqvŏrĂ Pŏnti* (8), tout
entouré de choses anagrammatiques, et suivi entre autres de *ŏ + ĭ* : *ĂP-ŏ-ĭ-*.

nantes qui ont pour effet de rendre cette inversion plus aisée :

-m)*ittit flores tibi rīdēnt aeqvora ponti.*

De même qu'il faut s'y reprendre à deux fois et se répéter à soi-même le mot *Afrŏdītē* avant de savoir au juste si *rīdē(n)t* a des syllabes coïncidentes ou seulement ressemblantes à celles d'Afrodītē, de même quand *flōrēs* est entouré de toutes parts de mots comme *rīdēnt + (m)ittit + tibi + pontī*, on peut dire que le tour de passe-passe faisant de *flores : froles* est assez bien masqué pour l'oreille.

Il est important de noter que deux des syllabes de ce vers imitatif ont pour objet spécial de corriger *flōres* quant à la quantité, en laissant l'oreille sur le *-ŏr-ŏtī-* de la fin (*aeqvŏra pŏntī*).

-DI- : *di-ffuso lumine* (9). Soit le *f*, soit l'*o*, soit l'*e* final de *lumine* concourent à l'effet. — La quantité de l'*i* n'a guère d'importance, vu le soin avec lequel sera marqué l'*ī* long ensuite.

-IT- : *summ-ITT-IT flores* (8).

-ĪTĒ : 1° *ventĪTĒ* (6). La valeur complète de ce *-ītē-*, — déjà irréprochable puisqu'il est *final* —, n'est saisie qu'en considérant tout l'ensemble

$$\left\{ \begin{array}{l} t\bar{e},\ de\breve{a},\ t\bar{e}\ fugiunt\ vent\bar{\imath},\ t\bar{e} \\ \qquad \breve{A} - \text{F} - \text{T} - \bar{\imath}\ \text{T}\bar{\text{E}} \\ \text{T}\bar{\text{E}}\ \textit{DE}\breve{A}\ \textit{T}\bar{\textit{E}} \\ \qquad \text{cf. dītē} \end{array} \right.$$

2° *n-ĬTĚ-t diffuso* (11).

3° Par une approximation qui est aidée par le *r* (et aussi par *tibi*) : *tibi r-riaj* (8).

— De beaucoup plus loin, *DaeDala TEllus* a rapport à la partie *d-te*, comme du reste *dea tē* du vers 6; mais c'est presque de l'assonance vague.

Anagramme n⁰ 1, correspondant aux vers 1-5 : J'avais d'abord hésité à regarder comme un « mannequin »

$$\boxed{\text{Aeneadum genetrīx hŏminum dīvomqvE}}$$

vu la façon peu naturelle dont cela coupe le vers et le sens. Mais si l'on examine ce qui se trouve entre le A- initial et le -E final, on se persuadera que tout ce complexe forme bien une unité marchant vers le E final en s'appuyant de distance en distance sur différentes parties de *Afrodite.* Ainsi les deux débuts de mots qui précèdent le -E final sont : *HŎ- DĪ- (-E).* D'autre part les syllabes qui se coordonnent avec l'*A-* initial comme formant ensemble les 3 premières arsis du vers :

$$A' - d\acute{u}m - tr\acute{\imath} -$$

font ressortir A - D - R - Ī - d'une manière qui est efficace pour rappeler *Aphrodī.*

On peut dire que le complexe se découpera en

Aphrodī-
+ odītE

(dans la mesure où les « mannequins » sont appelés à imiter le mot-thème), et que cette ordonnance interne est un signe de l'unité du tout.

[-Pseudo-mannequin dans
||*Alma Venus, caeli subTE*|| -r]

Détail des syllabes :

A-   : marqué comme initial par le mannequin.

-FR- : *terrās FR-ūgiferentīs.* L'*a* de la syllabe qui précède *fr-* est utile. Peut-être doit-on, d'autre part, lire *frugiferenTĒs*, de manière que le *fr,* précédé de *a,* serait suivi d'un *-tē,* même de *-i-tē.*

-RO- : De nouveau marqué sans rigueur par *-ŏr-* : *ex-ŏr-tum* (5). Le *t* n'est pas mauvais pour relier la syllabe à *-rŏd-* ou *-rŏdit-.*

[-ŎD-] : Assez vivement évoqué par *hŏminum dīvomque* (voir Mannequin); mais par un artifice qui regarde la structure du mannequin et ne relève que du genre d'imitation que celui-ci a en vue pour lui-même, sans pouvoir compter autrement comme exécution de syllabe.

-DĬ- : *dĭ-vomqvĕ.*

-IT- : *cŏncip-ĬT-ur vĭs-ĬT-qvĕ* (5). La suite vocalique de ce groupe de mots *ŏ-ĭ-e* est importante. [L'*e* est en élision, mais suivi d'un autre *e.*] *vīsĭt-* corrige plus ou moins par la 1ʳᵉ syllabe l'*i* bref de la seconde : *vīsĭtqvĕ* rappelle assurément *-īte.*

-TĒ : *per tē qvŏnĭam* (4). Que ce soit pour accompagner le *-tē,* ou autrement, on a assonance à *-odi(t)-* dans

    qvŏnĭ-am + ŏmn(e) ănĭmantum
    ŏnĭ —   ŏ-n   ănĭ — t

-cael-Ī subTĒ-r assone aussi à *-ītē.*

La lecture de Saussure va s'étendre jusqu'au vers 54. Nous mettons sous les yeux du lecteur le texte latin :

[15] *Inde ferae pecudes persultant pabula laeta,*
et rapidos tranant amnis : ita capta lepore
te sequitur cupide quo quamque inducere pergis.
Denique per maria ac montis fluuiosque rapacis,

frondiferasque domos auium camposque uirentis,
omnibus incutiens blandum per pectora amorem,
[20] *efficis ut cupide generatim saecla propagent.*
Quae quoniam rerum naturam sola gubernas,
nec sine te quicquam dias in luminis oras
exoritur, neque fit laetum neque amabile quicquam,
te sociam studeo scribendis uersibus esse
[25] *quos ego de rerum natura pangere conor*
Memmiadae nostro, quem tu, dea, tempore in omni
omnibus ornatum uoluisti excellere rebus.
Quo magis aeternum da dictis, diua, leporem.
Effice ut interea fera moenera militiai
[30] *per maria ac terras omnis sopita quiescant.*
Nam tu sola potes tranquilla pace iuuare
mortalis, quoniam belli fera moenera Mauors
armipotens regit, in gremium qui saepe tuum se
reiicit, aeterno deuictus uolnere amoris,
[35] *atque ita suspiciens tereti ceruice reposta*
pascit amore auidos inhians in te, dea, uisus,
eque tuo pendet resupini spiritus ore.
Hunc tu, diua, tuo recubantem corpore sancto
circumfusa super, suauis ex ore loquellas
[40] *funde petens placidam Romanis, incluta, pacem.*
Nam neque nos agere hoc patriai tempore iniquo
possumus aequo animo, nec Memmi clara propago
talibus in rebus communi desse saluti.
(lacune)
    Quod supererest, uacuas auris < animumque sagacem >
[50] *semotum a curis adhibe ueram ad rationem,*
ne mea dona tibi studio disposta fideli,
intellecta prius quam sint, contempta relinquas.
Nam tibi de summa caeli ratione deumque

En reprenant au-delà du vers 13, on arrive à la quatrième phrase et au 4ᵉ anagramme, vers 14-16 :

MANNEQUIN | Amnīs, ită captă lepŏrE |

Détail des syllabes :

Ā-   : marqué comme initial par le mannequin.

-FR-   : Ne résulte que de *inde fĕrae*, où l'accompa-

gnement par *i(n)de* est d'ailleurs bon. Il
faut ajouter de suite que ce 4ᵉ anagramme
paraît plus que les autres [...] s'attacher dans
Aph(r)- au *P* et à la représentation par *AP* :

ĂP-   : 1º *ită c-ĂP-ta.* Outre le voisinage de *ita,*
on a celui de *lĕpōre* (ita capta lepōre), qui
fait allusion à la partie *-pro-ē-* de Aphrodite.
2º *et r-ăp-ĭdōs.* Mais ce dernier groupe de
mots a un rôle qui s'étend au-delà de la syllabe AP-, et que nous allons essayer de fixer.

ĂP-R-ŎDI : Dire que *r-ap-* a pu être pris pour marquer
ap-r- aurait quelque chose d'arbitraire,
qui cesse d'avoir le même aspect si l'on
considère, non *răpidos :* mais *etrăpidos,* avec
groupe TR + P. Acoustiquement et ana-
grammatiquement les transpositions sont
tout autre chose quand un groupe consonantique est en jeu que dans les conditions
ordinaires.
PR-T ou T-PR pour TR-P est une transposition d'un caractère bénin. Nous admet-
tons donc 1º « *etăpr-idos* » *(= etrăpidos).*
En second lieu nous admettrons que *-ĭdō-s*
est la figuration de *-ŏdĭ-* [s] par un autre
genre de transposition, et nous ajoutons que
ce qui excuse cette double opération aboutissant à « *etăprŏdīs* »
    pour *etrăpĭdōs*
c'est — comme dans d'autres exemples
analogues — que les syllabes anagrammatiques sont ici massées sur un espace
restreint où elles se prêtent appui mutuelle-
ment pour ce qu'elles veulent signifier.
Tout sauf l'*s* est anagrammatique dans
etrapidōs, mais de plus tout le mot *Aprodite*
s'y trouve si on fait les renversements

voulus, puisque *et* complète *rapido-* et peut fournir le *-te*. Nous ne le remarquons que pour établir ce qui permet d'user de façon un peu particulière d'un pareil complexe, et d'admettre qu'il exécute la partie *-ROD-* (le reste de AP>ROD<I- qu'il fournit en réalité est déjà fourni par ailleurs).

-IT- : *ĬT-a capta lepōre.*

-IT + TĒ : *TĔ seqv-ĬT-ur ;* mots qui sont suivis eux-mêmes de *cu-P-IDĒ* afin que soit rappelé encore une fois *Aphrodite.*

La quantité de l'*ĭ* n'est guère observée. Devant *ĭta* on a *amnĭs* qui peut rappeler l'*ĭ* long.

La cinquième phrase et le 5e anagramme s'étendent du vers 17 au vers 20 :

MANNEQUIN $\boxed{\text{Ac montīs fluviosqvE}}$ (17)

En 2e lieu $\boxed{\text{Avium camposqvE}}$ (18)

Détail des syllabes :

Ă- : marqué comme initial par les mannequins.

-FRŎ-DI- : *FRO-n-DI-ferasqve* (18).

Si le groupe *fro* était abordé un peu obliquement dans les anagrammes précédents, celui-ci prend sa revanche brillamment.

Nous avons vu, d'autre part, que l'anagramme de *ph* se poursuit soit au moyen de *f*, soit au moyen de *p*, comme s'il s'agissait d'un groupe *pf*. La chose est ici particulièrement claire ; car, s'il n'y a pas moyen de douter que *frondiferas* se rapporte à

Aphrodite, il n'est guère moins évident
que *saecla prŏpagent* a la même intention;
voir ce qui suit.

ĂPRŎ-   : *saecl-ă prŏ-păgēnt* (20). D'autant plus significatif que *-ăprŏpāgēnt* reproduit le schéma
métrique $\cup \cup - -$ d'*Aphrodītē* et finit
sur une syllabe en *ē*.

-DI-   : étant marqué, quoique avec mauvaise quantité, dans *fron-di-feras* (v. plus haut), il
reste à trouver *-TĒ* ou *-ITĒ* :

-TĒ   : Le passage contient deux acc. plur. en *-tīs*
et il est assez vraisemblable que l'un ou
l'autre ait dû avoir la forme en *-tēs* pour
satisfaire à l'anagramme; donc *virēn-tē-s*
(18) ou *montē-s* (17). [*Ac montīs* fait mieux
dans le mannequin que *ac montēs* parce
qu'il reproduit la suite vocalique *Ă-O-Ĭ*
de *Aphrŏdĭ-* ; ce serait donc plutôt virēn*tēs*.]

2° *incuTIEns* (19) allude à *-itē*.

3° Mieux que le très vague *incutiēns*,
les mots *efficis ut cupidē* (20), marquent leur
intention relativement à *-ITĒ*. Après *eff-*,
rappelant *Af-*, vient

$$\left.\begin{array}{l} \textit{-icis ut cup-idē} \\ \textit{i-i -t} - \textit{idē} \end{array}\right\} \text{qui}$$

dépasse l'assonance et approche d'une exécution proprement dite de *-itē*.

Du moment que *saecla prŏpagent* montre que le P est
employé pour PH concurremment à F, il faut aussi signaler
r-ĂP-ācīs (17), et en même temps remarquer que le
2ᵉ mannequin //*Avium campōsqve*// qui ressemble beaucoup moins que l'autre à *Aphrodītē*, offre du moins, outre
l'*i*, le groupe *-ă(m)p-* pour s'en rapprocher. ‹L'autre
mannequin emploie l'*f* : *f*luviosque.›

Assonances dans *dēniqve* (17); *per pectŏra amōrem* (19).

Sixième phrase, ou période naturelle, vers 21-25;
contenant un 6ᵉ anagramme :

MANNEQUIN   │ AmabilE │   (23)

Détail des syllabes :

Ă-   : marqué comme initial par le mannequin.

AP-   : *naturĂ Pangere* (25). Dans ce qui suit le
            ap-, les éléments rappelant le mot-thème
            sont *r* + *e* + *ŏr* (pangere cōnŏr).

-RŎ-   : Point faible. Sur les différents *-or-* que
            contient la phrase, l'anagramme paraît
            choisir celui de
                    ex-ŏr-ĭt-ur   (23)
            pour figurer *-rŏ-* en se servant de l'appui
            que peut fournir l'ensemble *-ŏrĭt-* rappelant
            -rŏdit-.
            Mais cf. l'observation 2⁰, plus bas.

-ŎD-   : *qvōs ĕg-ŎD-ē rērum.* (25). Bon accompagne-
            ment par l'*ē* final de *dē* et aussi par *rē*rum.
            En marquant le chaînon *-ŏd-* cet anagramme
            s'acquiert une supériorité par un point
            sur les précédents.

-DĬ-   : 1⁰ *dĭ-as* (22).
            2⁰ *scriben-dĭ-s* (24) *studeo scrĭbendĭs* où
            -deoscrĭ- rappelle *-rodĭ-* avant le *dĭ* lui-même.

-IT-   : 1⁰ *ex-or-it-ur* (23).
            2⁰ *f-it* (23).
            3⁰ (?) *qvitqvam.* Soit le *qvicqvam* de *sine tē
            qvicqvam dĭas* soit celui de *amabile qvicqvam*
            sont dans des endroits anagrammatiques.

-TĒ   : 1⁰ *sine tē qvicqvam dĭas.* (22).
            2⁰ *tē sociam studeo scrĭbendĭs* (24).
            Remarquer les entourages.

1 obs.   L'*f* avait un rôle évident dans les précédents anagrammes à côté du *p*, ou plus en
vue que celui du *p*.

Ce passage-ci ne renferme qu'un seul *f*, celui
de *fit*, mais il y a tout lieu de croire que,
quoique donné *monophoniquement*, l'*f* de *fit*
doit compter. Il appartient à un mot dont
on pouvait dire qu'il rentrait sans résidu
dans *Afroditē* (f + it).

2e *obs.*   Le vers *20* n'était nullement nécessaire à
l'anagramme n° 5 où nous l'avons rangé
à cause de la phrase; il lui apportait le
apro- de *saecla prŏpagent* qui faisait double
emploi avec *frondiferas* + *rădācīs*.

Si on décide de le joindre malgré la phrase
à notre anagramme n° 6, le point faible
signalé tout à l'heure sur le chaînon -*rŏ*-
reçoit abondamment son remède, et se trans-
forme en point fort, puisqu'on obtient même
ăprŏ-, sans nuire à l'anagramme précédent.

3e *obs.*   Mais alors le 6e anagramme s'étend sur
un total de *six vers*, ce qui est beaucoup;
et ce fait, joint à celui de la double figuration
de plusieurs anneaux dans l'analyse ci-
dessus, conduit à une répartition qui fait
finalement reconnaître *deux anagrammes*
dans les vers *20-25* :

I. (N° 6, A). Vers *20-22.*

APRO-   de *Saecla propagent* (20).
+ -DĪ-   de *dī-as* (22).
+ -TĒ   de *sine tē* (22); et peut-être *it* de *qvitqvam* (22).
             Le mannequin, assez défectueux, et du même
             genre que dans « Hesperides » [...] serait :

> Efficis ut cupidē

La représentation de l'F, qui semble toujours nécessaire à côté de celle du *P*, serait
à prendre dans *efficis*, considéré, déjà au
point de vue de la structure du mannequin,
comme « *af*ficis », donc offrant le diphone
af-.

II. (No 6, B). Vers 23-25.

A-	initial par le mannequin | Amabile |.
+ AP-	par *naturā pangere* (25).
+ -RŎ-	par le défectueux *ex-orit-ur* (p. [89]). Cf. stu*deo scri*bendis, p. [90].
+ -ŎD-	de *ĕgŏ dē*.
+ -DĬ-	de *scriben-dĭ-s*.
+ -IT-	de *exoritur*, *fit*, et du second *qvitqvam* (23).
+ -TĒ	de *tē sociam* (24).

MANNEQUIN | AmabilE | (23)

La représentation de l'F dans *f-it* (Voyez
1re *observation*).

Septième phrase, vers 26-30. L'anagramme aurait à
offrir deux mannequins si l'on pouvait admettre une forme
« *Aphrodita* » au lieu de *Aphroditē*. Ce seraient :
|| *Ac terrās omnīs sōpītĂ* || (30)
et || *Aeternum dā dictis dīvĂ* || (28)
Cette liberté dans la forme latine ne paraît avoir été
prise que par des auteurs de la dernière époque, et il
faut, dès lors, se passer de complexe-mannequin dans
notre anagramme [1].
AF-(R)   : *intere-ĀF(Ĕ)R-ă moeneră* (29).
Mauvaise quantité, et pas de signe de la

1. Malgré tout, le complexe du vers 28 ressemble au plus haut point à un
mannequin avec ses rimes intérieures
|| *Aeternum da dictis divA* ||
A —   A   —A
D-ˌDI - DI

position initiale, qu'aurait donné un mannequin, mais qui était doublement nécessaire sans mannequin.

La jonction de *f-r* n'est pas très régulière; mais on peut se passer de *fr*, parce que l'anagramme exécute l'anneau *-ro-*; et ne prendre par conséquent que *AF-* en considérant l'*r* comme simple accompagnement.

-RO- : *nŏst-rō* (26). Mauvaise quantité, un peu corrigée par l'*ŏ* adjacent.

-DĬ- : *dĭ-va*. cf. *dĭ-ctīs*.

-ĬT- : Reçoit multiple satisfaction :

1º *sōp-ĭt-a* (30).

2º *mīlĪTĭāī* (29), où le *-ĭt-* est précédé d'un *ī* long.

3º *dictīs*, qui vise même tout le fragment *-dīt-*.

4º *volu-i(s)tī* (27), de nouveau avec *ī* long près de l'*i* bref.

5º *intereā*.

-TE : Il y a dans le passage quatre *te*, tous brefs et tous intérieurs (*te-mpore* 26, *aeternum* 28, *interea* 29, *terras* 30). Celui d'*interea*, précédé d'un *ī*, et de *effice ut*, est à retenir; ainsi que celui de *tempore* :

dea tempore in ŏmnī

d—te   ŏr   ŏ ni

La représentation défectueuse de l'E final ne peut pas être discutée en dehors de la question d'*AphroditA* et des mannequins. Je la laisse sans réponse.

Assonances dans *ŏmnibus ŏrnatum* (27), etc.

Memmiădae nŏstrō cherche à être, « Memmiŏdae năstro » c'est-à-dire à rappeler soit *-ŏd-* soit le groupe *Aphro-*.

Huitième phrase (ou découpure naturelle du texte), vers 31-34.

Le mannequin est représenté par l'ensemble du vers 33 :

||Armipŏtēns regit in gremium qvī saepĒ⋮tuum SĒ||

-ou : *tuŏm SĒ||* [1]

Détail des syllabes :

Ă-	: marqué comme initial par le mannequin.
ĂP-	: *sōl-ăp-ŏtĕs* (31). L'accompagnement que forme *-ŏ-te-* est à remarquer. 2⁰ *tranqvill-āp-ācĕ jŭvārĕ* (31). Les *e* finals à remarquer.
[F-R-	: *bellī fĕra*, 32.]
-RO-	: comme dans la plupart des anagrammes précédents, c'est cet anneau qui pèche; nous avons de nouveau abondance de *-or-*, mais pas de *-ro-*, comme si c'était perpétuellement sur ce point que devait se produire l'erreur ou la négligence de l'auteur *(m-or-talis, Mav-or-s, am-ōr-is)*. Toutefois *rŏ* est abordé encore par un autre côté que cet « *-or-* ». Le mot qui ouvre le mannequin :

$$ar\text{-}mĭ\text{-}pŏ\text{-}tēns$$

tout en imitant *Aphrŏdītē* dans son ensemble, veut particulièrement suggérer *ap - rŏ*.

par *ar - pŏ-*.

Voir aussi ce qui concerne ci-dessous le groupe *-OD-* :

-OD-	: *Aetern-ŌD-ēvictus* (34). On pourrait presque considérer que c'est *-ROD-*, non

---

1. *Mannequin.* — Post-scriptum. — Un mannequin beaucoup plus indiqué à tous les égards serait

Aeterno dēvictus vulnerE vol-	(34)

Mais son E se trouve en élision. Il n'y aurait pas à hésiter sans cela.

-OD-, que ce groupe de mots exécute
(aete -R(n) OD-ēv-), et cela à joindre aux
observations précédentes sur *-RO-.*

La quantité de l'*o* est mauvaise. L'entourage
est excellent, avec *ē* etc., après le D, et le
début de mot en A avant le ROD :

Aeternō dē -victus

A - r o d-ē + *it* -

-IT-	: 1° *rĕgit,* 33.	}	tous deux avec
	2° *reicit* (reijicit), 34	}	accompagnement de
			r-e.

3° *dēvi(c)tus,* v. ci-dessus.

-TE : 1° *armipŏ-tē-ns* précédé de syllabes caractéristiques.

2° *nam tu solă pŏ-tĕ-s ;*

3° Le *-te-* de *aeterno* (34) se trouve, comme
les deux précédents, dans un endroit très
anagrammatique, et il est précédé d'assez
près du *-it-* de *reicit* : *(reic-IT-ae-TE-rno),*
sans parler du *it* qui le suit dans *dēvictus.*

En tant que phonème de la fin, l'E est
marqué d'avance par le mannequin.

Neuvième phrase. Vers 35-37. A la rigueur on peut en
tirer un anagramme entier, mais qui serait alors à peine
ébauché dans la partie *Aphro-.* Aussi cette phrase semble-
t-elle devoir être réunie avec 38-40. Deux considérations
s'ajoutent en faveur de cette solution :

1. L'anagramme qu'on aurait par 35-37 (pris tout seuls),
serait le seul de la série qui ne ferait point de place à l'*f*
dans la représentation du Φ.

2. Quoique la phrase 38-40 se suffise à elle-même pour
l'exécution des diverses syllabes, on n'y trouve, contrairement à ce que le reste de ses caractères ferait attendre,

aucun mannequin; et, inversement, la zone pauvre 35-37
en renferme deux. — J'étudierai donc comme un seul
tout 35-37 + 38-40.

MANNEQUINS

            1° | Atqve ita suspiciēns teretī cervīcE | (35)

            2° | Amore avidos inhians in tĒ | (36)

   Détail des syllabes :

Ă-   : marqué comme initial par les mannequins.
ĂP-   : *inclut-ĂP-ācem* (40).
-RO-   : *RŌ-manis* (40). Le mot suivant est *incluta :*
            Rōmānīs incluta.
            ro — ī- i — t(a).
            2° *cŏrpŏre* (38) doit être retenu, non à cause
            de ses deux *ŏr*, mais comme donnant indi-
            rectement *rŏ* si dans *-ŏrpŏr-* on isole *-r(p)ŏ-.*
            3° Au vers 35, *cervīce rĕpŏstā* veut suggérer
            -prŏ-. Et c'est bien aussi, en réalité, ce
            que vise *cŏrpŏre* dont il vient d'être ques-
            tion.
            D'autres allusions à *prŏ-* sont lointaines,
            tombent dans l'assonance : *spiritus ōre* (37),
            pāscit amōre (36).
[-ODI-] : Le rôle de *avidōs* concerne plutôt le manne-
            quin où ce mot figure que l'anagramme en
            général. Il est évident, si l'on parle du manne-
            quin, que le complexe /*Amōre ăvidōs inhiāns*
            in tē/ se subdivise en deux parties, et que
            la première imite *A-r-odi-*, la seconde *-ītē-*.
-DĬ-   : *dī-va* (38). Le groupe de mots *diva tuo*
            recubantem amène un *-te-* à la suite de *dī*,
            et entre deux, *tuorĕ* allude à *ro (d)*.
-IT-   : Outre *ĭtă* (35) et *pascĭt amore* (36), qui don-
            nent *-it-* sans préoccupation de la quantité,

on a au vers 37 *resup-INI-SPĬRĬT-us ōrĕ*, où le *it* bref est presque noyé dans les *ī* longs.

-ITĒ : *InhĬans In TĒ* est l'exécution proprement dite de *-TĒ* ou de *-ITĒ*. — Indirectement, mais très clairement, *terĕtī cervīce* (35) donne une figuration du même *-ītē* au moyen de *-etī* corrigé par *-īce* dans les mots symétriques *TereT-/CerviC-*.

— Dans la partie 38-40 du passage, *-TĒ* apparaît dans *petēns* (40).

-F- : dans son rôle à côté du *P* pour le Φ n'a pas été envisagé dans les remarques ci-dessus. Il apparaît dans le vers 40, qui est à différents égards un des principaux du passage pour l'anagramme :

Funde petēns placidam Romanis...

L'anagramme se sert, pour faire passer monophoniquement le F, de l'imitation du syllabisme de *-F(r)ODITĒ* que fournit *FunDEpĕTĒ-*. ‹ Plus loin *-ida-* etc. ›.

Question. Il y a dans le passage, outre l'*h* peu frappant de *hunc*, un *h* situé en plein foyer anagrammatique dans *inhians* (36). Doit-on y faire attention comme pouvant concerner le *ph* ?

Dixième phrase. Vers 41-43. Le fait que l'*E* final était en élision dans le vers m'a fait hésiter plus haut à reconnaître comme « mannequin » un certain groupe de mots, voir page [93] post-scriptum. Peut-être à tort, car dans le présent passage, les mots

Agere hŏc[1] patriāī temporE

malgré que *tempore* est en élision devant *iniqvo*, semblent

---

1. C'est bien *hŏc*, non *hōc*, à moins que je ne me trompe complètement sur le sens de la phrase.

bien s'annoncer comme voulant faire mannequin; l'intérieur du complexe imite (v. plus loin) les parties *phrŏ*
et *-ītē*.

Le complexe marque comme initial :   *Ă-*
Les mots *clară prŏpago* (42) donnent :   *ĂPRŎ-*
Dans *commūnī dĕsse salūtī* on a la volonté
de marquer au moyen de *-īdē-* + *tĭ :*   *-DĬ-* ou *-DĬT-*
Dans le mannequin, *patriā-ī tĕ-mpore*
donne   *-ĪTE*
Le mannequin marque position finale pour *-E*.

Si l'on cherche une indication de la *longue* (Ē), peut-
être faudra-t-il se contenter de la suite vocalique *i-ē* de
in rē-bus (43) placée dans le voisinage des mots anagrammatiques pour *-DĬT(E)* : *communi desse saluti*. Car dàns
desse lui-même, s'agit-il de *ē* (contraction) ou de *ĕ* (élision) ?
Je ne sais si les latinistes peuvent résoudre la question.

Reste à remarquer, dans le complexe-mannequin, l'*H*
de *hŏc* qui paraît significatif devant la voyelle *ŏ* et dans le
voisinage du double P-R de *patriaï* et de *tempŏre*. Il
semble que le complexe veuille indiquer que le *APRŎ-*
de *clară prŏpago* est plus exactement APHRŎ-.

Justement cette 10ᵉ phrase anagrammatique n'offre
nulle part le *f*, à la différence des autres. Mais que conclure
de toutes ces représentations diverses du Φ : tantôt *f*
seul, tantôt *p* + *f*, tantôt *p* + *h* ?

Les vers 44-49, identiques à II, 646-651, sont supprimés
comme interpolation par Lachmann; d'autre part il
n'est guère possible que *Qvod super est*, ... (50 seq.) fît
suite immédiate à ... *desse saluti*.

C'est pourquoi le fait que 50-53 présente un superbe
anagramme d'*Aphrodītē* dans un morceau qui non seulement n'a plus trait au même sujet, mais a dû être séparé
du précédent par au moins 3 ou 4 vers, donne à réfléchir,
et vaut la peine d'être noté comme excellent exemple invi-
tant en général à la prudence (voir note 1, p. [100]).

[Reste malgré tout la possibilité, *si la distance avec le grand morceau de 43 vers sur Aphrodite n'était pas trop grande*, que l'anagramme soit voulu, et forme la fin de la chaîne, rétrospectivement au point de vue du sujet, comme dans bien des exemples qu'on pourrait citer.]

Fortuit ou pas fortuit, je rassemble les éléments qui forment cet anagramme :

Tous les deux avec rime intérieure A-A

MANNEQUIN $\boxed{\text{Ā curīs ădhibē}}$ (51)

en second lieu $\boxed{\text{Aurīs animumqve}}$ (50)

Détail des syllabes :

A   : marqué comme initial par les mannequins.

AF-   : *dispost-ăf-idēlī* (52) avec entourage remarquable, *di-pŏ-t -idē-ī.*

ĂPR-   : *intellect-ă pr-ius* (53).

-ŎD-   : *qv-ŏd super est* (50). Accompagnement de *p-r.*

-DI-   : *ă-dhĭ-bē*, mot qui tout entier rappelle le mot-thème.

-DI- + -ODI- : stu-DĬ-ŌDĬ-spŏstăfidēlī.

Outre les propres syllabes *di + odi*, toutes les autres, sauf *stu*, sont anagrammatiques ou assonantes.

-ĬT-   : indiqué dans *tib-Ĭ(S)T-udio* (52)
                        s-ī(n)t (53)
                        ‹ *i(n)t-ellecta* ci-dessous ›

-(I)TE   : 1° *I(N)TE-llectă prius.* Voisinage de *ăpr.*
          2° Approché dans *disposTa f-IDĒ-lī.*
          ‹ cf. *tibĭ de*, 54, si on fait rentrer le commencement de ce vers 54 dans l'aire anagrammatique. ›
          3° *sīnt cŏn-tĕ-mpta* présente *-te-* non loin de *-ī(n)t-.* [*-ĭt-ŏ-te-*]

-Ē   : marqué comme final par le mannequin /*A curis adhibē*/.

Assonances diverses, comme les *rĭ (curĭs, aurĭs)* que l'on trouve dans les deux mannequins, ou comme le groupe de mots *ăd rătiōnem* (51) présentant les mêmes voyelles que *Aphroditē* et un groupe initial *adr-* simulant *aphr-, me-ă dō-na* (52), etc.

Enfin le *h* de *ădhibē*, placé dans un des mots les plus anagrammatiques du passage, semble le complément du *APR-*, donné par *intellecta prius* [1].

A ce long texte où la puissance de Vénus enfante l'infinité des créatures et des paroles, opposons un autre passage, où Lucrèce dénonce les mensonges de la passion. Derrière l'apparence séductrice de la femme aimée, il y a des secrets répugnants, des coulisses où traînent des relents malodorants. Le mot postscaenia — *arrière-scènes* — *apparaît alors à Saussure comme le thème qui régit tout le passage (chant IV, vers 1184-1189 de l'édition Brieger, Teubner 1899). Le mot qui, maintenant, distribue ses éléments phoniques à travers le texte du poème, c'est celui qui dénonce métaphoriquement une profondeur d'artifice, un lieu sans majesté où s'agence l'illusion.*

IV. 1186. *Postscēnia.*

Cet anagramme offre le double intérêt de montrer que le mot que Lachmann écrit *poscaenia* (sic) était pour Lucrèce *postscēnia*, et en même temps de donner une preuve

---

1. C'est bien avant Lachmann qu'on a élagué les vers 44-49 (déjà dans une édition de 1713 que j'ai ouverte).

La question est uniquement de savoir si *qvod super est* etc... venait immédiatement après *desse saluti.*

M. P. Oltramare croit que oui; mais que d'autre part tout le morceau 50-61 a été intercalé après coup par Lucrèce lui-même, en sorte qu'à l'origine ce serait le 62 : *Humana ante oculos...* qui faisait suite à *desse saluti.*

Pour nous il suffit que de façon ou d'autre les vers *qvod super est* aient été mis par Lucrèce à la suite du morceau d'*Aphroditē* pour qu'on puisse croire que l'anagramme analysé ci-dessus est voulu.

D'autre part on peut trouver *Aphrodite* dans les vers élagués 44-49 = II 646-651 [2]!

2. Ms. fr. 3964. Cahier à couverture cartonnée intitulé *Anagrammes chez Lucrèce, Premier cahier*. Pages numérotées de 44 à 69.

de l'exactitude avec laquelle tous les éléments sont en général observés dans l'anagramme, vu que l'oubli de l'un ou de l'autre d'entre eux dans un groupe aussi embrouillé que -STSC- aurait pu paraître particulièrement excusable, et ne se produit cependant dans aucun des *deux* anagrammes consacrés au mot [1].

I.

1184. Plus videat qvam mortali concedere par est.
1185. Nec Veneres nostras hoc fallit; qvo magis ipsae
1186. Omnia summo opere hos [vitae postscenia celant

II.

1187. Qvos retinere volunt adstrictosqve esse in amore,
1188. Ne qviqvam, qvoniam tu animo tamen omnia possis
[1189. Protrahere in lucem]...

MANNEQUIN. Chose assez bizarre, il y aurait pour chacun des deux anagrammes un bon mannequin si le mot était « *Postscenium* » : ce serait

|| *Plus videat qvaM* || (1184) pour le premier ;
|| *Protrahere in luceM* || (1189) pour le second,

— (quoique *lucem* soit en élision dans le vers.)

Mais, outre que l'usage s'oppose à ce singulier, il est clair par le détail des syllabes que c'est *postscenia* qu'on veut reproduire.

— Autre observation : dans le IIe anagramme les mots *omnia possis* (1188), s'ils étaient renversés, formeraient un excellent mannequin. Pas impossible que l'auteur ait d'abord eu l'intention de placer quelque part /*Possis omnia*/, puis que quelque chose l'ait forcé à abandonner la combinaison dans cet ordre. Nous avons fait une remarque analogue pour un autre cas de ce genre [...].

Détail des syllabes :

Anagramme II, depuis 1186 fin :

PŎS-   : *pŏs-sīs* (1188).

1. Des *quatre* anagrammes : voir plus bas.

-ST- + -SC- : *ad-ST-rictō-SQ-ve* (1187). Outre le mérite qu'a ce mot de réunir les deux groupes consonantiques, — et cela dans l'ordre où ils doivent être —, il réussit encore à rappeler au moyen du *-OSC-* le *-OST...* qui introduit cette série de consonnes.

Mais, en outre encore, les mots suivants : (adstrictosqv)*e esse in ă-more|* forment un écho à *- (sc) ēni ă*.

CĒ-   : *cē-lant* (1186 fin).

-EN- + -NI Ă : *tam-ĔN om-NIA pos-sis* (1188).

Dans le même vers on a : *qvon i am tu a n i mo*
                                    -NIA - ANI -

Anagramme I; 1184-1186 milieu :

P-   : initial, est donné par || *Păr esT* || (1184) qui, ainsi que j'aurais dû le remarquer d'emblée, est un *mannequin partiel* pour la partie POST-. De même || *Plus videat*|| peut passer pour tel. Sans ces mannequins on serait obligé de recourir à la figuration très défectueuse et hors des règles que donnerait *ŏp-ere* (1186) et *ĭ-ps-ae* (1185).

-ŎST-   : *n-ŏst-răs* (1185). Le *st* aussi dans *par est*.

-SC-   : Cet anagramme n'a pas réussi comme l'autre à représenter directement ce second groupe consonantique; l'essentiel, au point de vue de la remarque que nous faisions au début (page [101]), est de constater que l'auteur a bien été préoccupé de le rendre aussi bien que le *ST* : son intention est

claire, parce qu'il place sa figuration indi-
recte de *SC* justement à la suite du ST :

$$n\breve{o}s\,tr\bar{a}s\,h\breve{o}c\,fallit$$
$$\text{-ST - S - C -}$$

répétant ainsi, avec moins de succès, ce que
nous avons vu dans *ad-ST-ricto-SQ-ve*.
(Le *ŏ* de *hŏc* est la voyelle la moins mauvaise
qui pût séparer le *S-C*, puisqu'elle reporte
à *nŏst-* et à *PŎSTSC-ēn-*) [1].

-*CĒ*- : *cŏn-cē-dere* (1184), avec *ŏ* précédent comme
dans *pŏstscē-*.

-*(C)EN*- : *NĕC vĔN-erēs*. Le mot est à côté du groupe
anagrammatique *nostras hŏc*.

-*NĪĀ* : *om-NIA summo...* (1186).

— Pour les deux anagrammes j'ai laissé de côté certaines assonances.

— Je ne m'aperçois qu'après coup de la présence de
deux autres anagrammes de

$$Postscenia,$$

l'un situé plus haut dans le texte, l'autre plus bas que ceux
que l'on vient d'étudier.

Anagramme I[a] : 1178-1180.

I[a] { 1178, Floribus et sertis operit postīsqve superbos
1179. Ungvit amaracino et fŏribus miser oscula figit
1180. Qvem si jam ammissu venientem offenderit aura.

PŎST- : *postīsqve* (1178).

-*TS*- : *e-TS-ertis* (1178). C'est le *ts* de *POS-TS-
cenia*.

---

1. Si l'on faisait rentrer dans l'anagramme le vers 1183, il apporterait une
seconde allusion assez remarquable aux deux groupes *ST-SC* :

1183. *Stultitiaeqve ibi se damnet, tribuisse qvod illi*
$$ST \text{ —— } C \;:\; S \text{ —— } T \qquad S\text{-}C$$

Cf. les voyelles de tribui-*sseqvŏd* et de *pŏstṣce-*.

-SC(E)- : *postī-SQ-vE*. Ainsi, comme dans l'anagramme II (adstrictosqve), les groupes ST + SC
se suivent dans le même mot.
— En lisant *postēsqvĕ* on aurait une correction de l'*e* bref de *qve*, et le mot apporterait
presque *POSTSCĒ-*; il apporte dans tous
les cas *POSTSC-*.

-(O)SC- : Le *SC* est répété dans *Ō-SC-ula* (1179),
où le *O* est un bon accompagnement sans
pouvoir prouver la forme *poscenia* après
que soit *st* soit même *ts* est représenté.

-ENÎ - : *v-ĕnî -entem* (1180), précédé de *s* (ammissu
venientem). Quantité mauvaise.

- ⌢A : Quelque chose qui tient à la fois de ⌢*a* et
de *i⌢ a* se présente dans les mots qui précèdent
venientem : *jam ammissu*, où le *a^m* + *a* fait
hiatus (élision), pendant que *j* rappelle le
groupe *ia*.

-Ă : en tant que final. Dans l'imbroglio de *jam
ammissu* on peut à peu près considérer qu'il
y a un *ă final* en jeu, le *a* de *ja(m)* en élision.
Sans cela, il faut regarder l'ensemble des
mots

|Si jam ammissu venientem offenderit aurĂ|

(lequel s'occupe très particulièrement des
éléments de *-ĒNIA*) comme un mannequin
partiel pour la partie

-SCĒNIA

livrant par conséquent le *Ă* final; — de
même que *|postesqve|* peut passer pour
mannequin partiel de *POSTSCĒ-*.

Anagramme II^a : 1189-1191 :

II^a
$\begin{cases} 1189. \text{ Protrahere in lucem atqve omnīs inqvirere rīsus} \\ 1190. \text{ Et, si bello animost et non odiosa, vicissim} \\ 1191. \text{ Praeter mittere et humanis concedere rebus.} \end{cases}$

Mannequin partiel pour la partie POST- :
On peut à la rigueur considérer comme tel

||Praetermittere eT||

Dans cette supposition le *P-* initial est acquis *ipso facto*.
Il y a toutefois une autre voie possible : voir *PO-*

PO-   : *prō-trahere* ne livre qu'un *PO-* boiteux par
la consonne interposée et la quantité longue;
mais il est difficile d'admettre que ce mot
n'ait aucun rôle dans l'anagramme, et ce
rôle ne peut être alors que de donner *PO*. —
Pour le reste le *t* forme un bon accompagnement [1].

-OST-   : *anim-ōst* (1190) de nouveau hors de la quantité juste.

-TS-   : C'est-à-dire le passage de $\widehat{ST\ à\ SC}$, est
rendu dans *e-ts-ī* (1190).

-SC-
+ -CĒ- $\bigg\}$: *humani-|SC|-on|CĒ|dere* (1191)
$\qquad\qquad SC - CĒ -$
Pour *lūcĕm* cf. note [1] ci-dessous.

-NĬ-   : *bello a-NĬ-most* (1190).* — Cf. *omnīs* (1189) :
humanīs (1191).

-Ī̂-   : *et non od- $\widehat{i}$ - ōsă*
$\qquad$ -E-N — $\widehat{I}$ — A
comme on voit, avec bon accompagnement.

---

1. L'accompagnement de *p(r)o-* ne se borne pas au *t-*
Les mots *pro t rahere in luc em* $\bigg\}$ alludent à toute la partie *-t-cēnî a*
$\quad$ (PO)T- — ĒIN -CE- $\bigg\}$ dans l'accompagnement.

A

$-\widehat{A}$: *bello* $\widehat{Animost}$.

$-\widecheck{A}$: en tant que final. Le groupe de mots

$||Si$ *bello* $\widehat{animost}$ *et non* $odi\widehat{\ os\widecheck{A}}||$

forme une suite presque compacte de syllabes anagrammatiques dont une bonne partie est relative à la fin du mot-thème. Il y a tout lieu de le regarder comme un mannequin partiel pour la partie -*SCENIA* (S-A), ce qui s'accorde à merveille avec la présence d'un mannequin complémentaire (p. [105] en haut) pour la partie *POST*-. Dès lors l'*A* final est marqué [1].

On sera sans doute frappé qu'en cette occasion (assurément offerte par le hasard) le mot-thème, deviné derrière *les vers de Lucrèce, désigne lui-même ce qui se trouve derrière les manèges de l'amour, ce qui se dissimule en deçà de la comédie passionnelle. Une singulière homologie place le lecteur du poème dans la situation de l'amant sur le seuil. Lucrèce et Saussure, plus sagaces, perçoivent ce qui n'est pas montré. Les* arrière-scènes *de l'amour sont le* mot-thème du *texte.*

Dans leur fonction hypogrammatique, rien pour Saussure ne différencie Aphrodite et postscaenia, sinon l'ordre et la nature de leurs phonèmes. Ailleurs ce sera le nom d'un maître : Epicurus. *Le poème se construit sur une succession de mots-thèmes, chacun jouant également le rôle directeur qui lui incombe. Pour nous, toutefois, il n'est pas sans intérêt de constater que le vocable latent peut désigner une fois la puissance la plus généreuse, une autre fois un lieu d'illusion. Puisqu'il y va d'Aphrodite et de l'amour, on pensera que ce sont là les deux aspects extrêmes de l'expérience érotique : force irrésistible, supercherie décevante. Ainsi l'éprouvait sans doute Lucrèce. Mais, plus généralement, on dira que ce sont là les deux façons radicalement opposées dont nous concevons le caché :*

1. Ms. fr. 3964. Cahier d'écolier sans couverture intitulé *Anagrammes Lucrèce. Cahier n° 3.*

les deux versions du latent. *Qu'y a-t-il derrière l'apparence? Une force immense? Ou le vide menteur d'une arrière-scène? — Un secret bénéfique? Ou au contraire une mystification? Il est difficile de penser l'opposition de l'être et du paraître, du dehors et du dedans, sans y impliquer un conflit qualitatif. Est-ce une force féconde qui se tient dans la profondeur? Ou le creux dérisoire d'un néant trompeur? Il est rare que nous renoncions à supposer un dénivellement... Mais Saussure n'invoque pas cet effet de contraste sémantique : le mot-thème latent ne diffère du vers manifeste que par son resserrement. Il est un* mot comme *les* mots du vers développé : *il n'en diffère donc qu'à la façon dont l'un diffère du multiple. Venu avant le texte total, caché derrière le texte, ou plutôt en lui, le mot-thème ne marque aucun écart qualitatif : il n'est ni d'essence supérieure, ni d'une nature plus humble. Il offre sa substance à une invention interprétative, qui le fait survivre dans un écho prolongé.*

La prolifération

Dans le théâtre de Sénèque, les hypogrammes sont légion. Relevons un passage lu de la façon la plus attentive :

PHYSETER.

Hippolyte, 1030

1029. *Qvalis* | *per   alta   vehitur* | *Oceani   freta*
P(ER) ——— (h)   ———   F(ET)

1030. *Fluctus refundens ore physeter capacs*
F-U-ŪS | FU — S—E-

1031. *Inhorruit concus s u s undarum globus*
(h - u)   USS|US|U ——————— US

1032. *Solvitqve s e s e et litori invecsit malum*
S ——— E|SĒ|SĒ-ET ——————— T —

1033. *Maius timore : pontus in t err as ruit*
T —ᵣE [P - US]   TERR - R
US — E ·······················┊···················· T

1034. | *Suumqve monstrum* | *s eqvitur* | : os qvassat | *tremor* |
S ——— E   SE—T   TT-E - R.
u

Qualités qui distinguent cet hypogramme :

1. Ordre juste des syllabes. 2. Absence presque complète de *syllabes superflues reprises ou anticipées* à un endroit qui n'est pas le leur. Mais en revanche : 3. *Forte représentation* de chaque chaînon à son endroit.

4. Le 1er chaînon FUS- forme le propre début du vers 1030, de même que le 1034 s'arrête exactement sur *tremor :* TE-R.

5. Le Φ appelant P + F, ils sont d'abord donnés tous deux, et dans le bon ordre, dans le vers de prélude 1029 qui annonce les Initiales. Puis, quand le PUS- est donné pour compléter le FUS- cela se passe dans un vers (le 1033) qui : 1° répète pour son compte tout l'hypogramme, et qui 2° peut se détacher sans troubler la suite des syllabes entre 1032-1034 : ou au contraire et ad libitum peut être laissé en place en ne lisant que -*ETERRR*.

Outre PF., indications de *ph* par vehitur inhorruit.

6. Riche série de mannequins, totals et partiels. Il faut tout particulièrement remarquer que le mot finit par *R* ce qui rend toujours assez difficile la finale : or il y a *trois* mannequins donnant cet *r* : le mannequin

total ⟨per alta vehitur⟩ et les partiels ⟨seqvitur⟩ , ⟨tremor⟩ .

7. Dans le syllabogramme remarquer :

        1030 consacré à FU (s)
        1031 consacré à US (*Undarum* glob-*US*)
        1032 consacré à SE (Solvit Sese).

Sans doute (comme d'habitude) il est un peu incertain de vouloir arrêter juste au bout du vers 1034 le syllabogramme.

On aperçoit une queue :

1035. *Qvis habitus ille corporis vasti fuit*
      H - US - E ——————————— T
              FU-

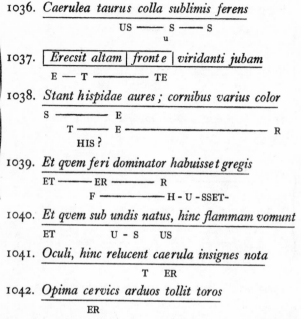

1036. *Caerulea taurus colla sublimis ferens*
US —— S —— S
u

1037. | *Erecsit altam* | *front e* | *viridanti jubam*
E — T ————— TE

1038. *Stant hispidae aures ; cornibus varius color*
S ————— E
T —— E ————————— R
HIS ?

1039. *Et qvem feri dominator habuisse t gregis*
ET ——— ER ——— R
F ————— H - U -SSET-

1040. *Et qvem sub undis natus, hinc flammam vomunt*
ET   U - S   US

1041. *Oculi, hinc relucent caerula insignes nota*
T   ER

1042. *Opima cervics arduos tollit toros*
ER

Mais, comme il résulte de l'analyse ci-contre, cela revient
à un nouvel hypogramme comprenant 1036-39. Quant au
vers *1035*, il peut passer pour ajouter *(ou bien au 1ᵉʳ hypogramme ou bien à celui de 1036-39)* une exécution partielle
visant le H : HUSET- comme complément à FUS — et
PUS — déjà exécutés. Apparemment au 1ᵉʳ, car le second
a de la même façon au vers 1039 un appendice consacré
à HUSSET.

D'autre part, si on prend le texte *au-dessus de 1029*, il offre
un hypogramme antécurrent (peu frappant sauf sur le PU) :

1022. *Latuere rupes, numen Epidaurii dei*
T-ER- R

1023. *Et scele re* | *pe trae* | *nobiles Scironides*
ET — ER   ET - E
r

1024. *Et qvae duobus t erra comprimitur fretis*
ET — E   TERR —————— R
        US   F —

1025. ┌ *Haec dum stupent es qvaerimur* ┐, *en totum mare*
     H   S - E-TE   ER - R
         (u — u)

1026. *Immugit, omnes undiqve scopuli adstrepunt*
           S ———— E | PU   T-E
                         R

1027. *Summum cacumen rorat expulso sale*
            PU-S - S - E

1028. *Spumat vomitqve vicibus alternis aqvas.*
    PU
S —————— E ——— TER   [1]
       (+)

La perfection des hypogrammes rencontrés dans Sénèque engage Saussure à écrire une note catégorique :

Admettre par exemple que dans les tragédies de Sénèque il y ait un seul espace de texte fût-ce de vingt vers qui ne coure pas sur un logogramme quelconque serait une affirmation probablement impossible à soutenir d'un exemple. Le cas habituel est que le logogramme apparaît à première vue dans un passage quelconque de ces tragédies, et j'ai vainement essayé en ouvrant le volume à tous les endroits possibles de tomber sur un passage blanc. Je répète d'autre part que demander quoi que ce soit qui ressemble à un catalogue continu pour prouver la chose par une voie plus directe équivaut à demander ce qui ne peut être l'œuvre d'un homme, à moins qu'il consacre à un seul relevé fastidieux de ce genre une portion notable de sa vie.

1. Ms. fr. 3965. Cahier d'écolier bleu intitulé *Sénèque trag.*

— La question de savoir s'il y a eu deux manières de faire des vers latins, l'une sans logogrammes, et l'autre avec, doit probablement se résoudre par la négative ; il n'y a d'offert, sauf résultat spécial qui porterait sur des pièces que je n'ai au moins pas pu découvrir, que la manière qui consiste à broder des vers sur le canevas des syllabes d'un mot et celui des tronçons ou paraschèmes de ce mot [1].

Ne sommes-nous pas devant un phénomène analogue à la projec-tion d'une image entoptique, que nous retrouvons sur tous les objets où nous fixons notre regard ? N'y a-t-il pas partout des phonèmes en ordre dispersé, disponibles pour des combinaisons signifiantes ? Quand Saussure passe des vers à la prose, celle-ci est à son tour envahie par la structure anaphonique :

Il m'est arrivé ensuite d'exécuter une marche inverse en ce qui concerne la reconnaissance du même phénomène en prose. Frappé par hasard de ce que les lettres et mor-ceaux en prose qui figurent parmi les œuvres d'Ausone présentaient les mêmes caractères anagrammatiques que ses poèmes, je cherchai, sans oser d'abord ouvrir Cicéron, si des lettres comme celles de Pline auraient déjà quelque teinte de cette (affection) qui prenait des aspects patholo-giques une fois que la chose s'étendait à la plus simple façon de dire ses pensées par une lettre. Il ne fallait que peu d'heures pour constater que soit Pline, mais ensuite d'une manière encore bien plus frappante et incontestable toutes les œuvres de Cicéron, à quelque endroit qu'on ouvrît les volumes de sa correspondance, ou les volumes [ ] [2] nageaient littéralement dans l'hypogramme le plus irré-sistible [3] et qu'il n'y avait très probablement pas d'autre

1. Ms. fr. 3964. Cahier à couverture de toile bleue, intitulé *Carm. Epigr.* 2⁰ *Sénèque.* 3⁰ *Horace Martial Ovide.*
2. En blanc dans le manuscrit.
3. Lecture incertaine ; peut-être « *irrécusable* ».

manière d'écrire pour Cicéron — comme pour tous ses
contemporains [1].

*L'œil et l'oreille exercés feront donc leur butin jusque dans la
prose latine :*

> La prose de César [...] était ce qui pourrait honnêtement
> servir de pierre de touche pour juger si la pratique de
> l'hypogramme était une chose plus ou moins volontaire,
> ou au contraire *absolument* imposée au littérateur latin :
> je considère en effet que s'il est prouvé que C. Julius
> Caesar ait perdu même peu de minutes dans ses écrits
> ou dans sa vie à faire des calembours sur le mode hypo-
> grammatique, la chose est sans rémission dans ce cas pour
> l'ensemble des prosateurs latins. Nous n'en sommes pas
> là : c'est par centaines, c'est aussi abondamment que chez
> les plus gens-de-lettres des littérateurs que les hypo-
> grammes courent et ruissellent dans le texte de César.
>
> Plus caractéristiques encore que les Commentaires, les
> rares lettres que nous avons de lui : parce qu'elles le sur-
> prennent dans un moment où il s'agissait de tout autre
> chose que de soigner « l'écriture », ainsi quand il écrit
> la lettre à Cicéron après Ariminium
>
> Postremo, qui viro bono... etc. finissant par
>
> > civilibus controversiis ? quod nonnulli quer-
> > CI - - -　C　RO ER　　C - - - - - - - I C - -
>
> [...] Le mot CAVE semble courir entre les lignes de la lettre
> de César
>
> > *Condemnavisse*
> > C - - - - AV　E
>
> est un des endroits topiques. Mais à tout moment revient
> le mannequin C - - E et notamment dans les derniers
> mots (avant la date)

---

1. Ms. fr. 3965. Cahier jaune intitulé *Cicéron, Pline le jeune, fin.* Ce texte,
isolé par un long trait, fait suite à celui que nous citons p. 30-31.

Contentione abesse
C - - - - - -E
C - - - - - - - - - -E [1]
(ab)

L'étude de Cicéron permet de réitérer l'affirmation :

L'occasion et le sujet des lettres — lettres d'affaires, lettres de badinage, lettres d'amitié, lettres de politique —, plus que cela : l'humeur, quelle qu'elle soit, de l'écrivain, qu'il se montre par exemple accablé par les calamités publiques, par les chagrins domestiques, ou encore qu'il prenne un ton spécial pour répondre à des personnages avec lesquels il se sent en délicatesse ou en brouille ouverte, — tout cela n'exerce aucune influence sur la régularité vraiment implacable de l'hypogramme et force à croire que cette habitude était une seconde nature pour tous les romains éduqués qui prenaient la plume pour dire le mot le plus insignifiant.

Il est caractéristique de voir que pas un correspondant de Cicéron ne reste au-dessous de lui sous ce rapport, et parmi ceux qui avaient le moins de prétention, comme étant surtout hommes de guerre ou de [   ] [2], à se mêler de littérature [3].

Mais Saussure ne se dissimule pas l'objection évidente : l'hypogramme, lu à partir du texte, n'est-il pas une construction arbitraire, née du caprice du lecteur, et reposant sur la distribution fortuite des phonèmes dans le texte ? N'est-il pas trop facile d'obtenir partout des hypogrammes ? C'est à ces objections qu'il cherche à répondre presque partout, et notamment dans ces remarques ajoutées à une étude de la prose de Valère Maxime :

---

1. Ms. fr. 3965. Cahier à couverture cartonnée violette intitulé *Tite-Live, Columelle, César.*
2. Espace laissé vide dans le manuscrit.
3. Ms. fr. 3965. Cahier de toile jaune intitulé *Cicéron, Pline le jeune, fin.*

Des mots en apparence intéressants pour juger de l'hypogramme sont, en fait, très aisés à réaliser, comme par
exemple *Pisistratus*, courant principalement sur des syllabes
banales comme toute la finale — *atus*, ou les deux *is* qui
s'offrent, même sans parler de *si* etc. On est tout étonné
de voir que d'innombrables passages dont l'on pourrait
tirer brillamment des mots aussi longs que *Pisistratus* ne
permettraient, en autant de lignes, de trouver un mot
aussi court (et partiellement coïncidant) que *Plato*, ni des
mots d'un syllabisme tout aussi banal, dans le genre souvent de *Seneca, Merope*.

Il y a lieu de désigner certains noms comme *particulièrement faciles*, certains autres comme *particulièrement difficiles* (et de s'attacher à ces derniers); mais la grosse masse
des noms n'appelle ici ni l'une ni l'autre de ces épithètes,
et presque indépendamment de la longueur du mot [1]

Au sujet des cas, qui auront à être réunis,
— comme *Xerxes* appelant *exercitus*
— Noms en — *machus* appelant *magnus, magnitudo*, etc.
— *Spitamenes* — *tamen*, etc.

Supposons et accordons que les hypogrammes n'existent
pas; qu'il est donc bien entendu que le retour de ces mots
dans les mêmes phrases respectives où figurent Xerxes,
Lysimachus, Spitamenes, etc. ne peut tenir par aucun
lien à une imitation phonique de ces noms. Nous serons
fondés à demander alors sur quoi repose cette association,
car elle est incontestable. Il est possible, pour un cas
comme Xerxes, d'alléguer à la rigueur que ce seul nom
faisait tout de suite penser si naturellement à une « grande
armée » qu'il en devait résulter qu'on ne trouve pour
ainsi dire pas un seul passage des auteurs latins où *exercitus*
n'accompagne *Xerxes*, mais pour le reste des exemples - -

Il est nécessaire en effet de faire ressortir l'*indépendance
des deux arguments* : la présence ordinaire d'un certain

1. Phrase interrompue.

mot près d'un certain nom ne devient un problème que
précisément si l'on rejette la démonstration qui s'appli-
querait au nom entier. *Nous voulons bien qu'il soit fortuit*
que tout le mot Lysimachus se retrouve, mais expliquer, et
expliquer hors de cela, qu'il y ait *magnus* voilà ce qui reste
la tâche des contradicteurs [1].

Si, ayant dans la même page à considérer deux noms
comme 1. *Sulpicius* et plus bas 2. *Theramenes*, un auteur
latin accumulait à plaisir dans le premier passage des mots
comme *erat, meus, trahens ;* réciproquement dans le second
des mots comme *cultus, hospitio, sublimis*, il est certain
qu'il aurait quelque peine ensuite à trouver de quoi faire
autour de *Theramenes* un hypogramme des syllabes de
ce mot, et réciproquement autour de *Sulpicius*. Mais
croire qu'autrement — par exemple en renversant le choix
des mots comme *erat* ou *sublimis* —, il fût très difficile
de donner les syllabes d'un nom propre, ou de les donner
même (avec un peu de peine) dans l'ordre exact où elles
se suivent dans le nom —, serait se faire une idée fausse
des chances phoniques totales offertes à chaque instant
par la langue à qui veut les employer. Dans ce sens : elles
sont assez multiples pour n'exiger aucune combinaison
laborieuse, et pour exiger simplement une combinaison
attentive, comme nous le reconnaissons.

C'est d'ailleurs cette *facilité relative* de l'hypogramme
qui explique seule que l'hypogramme ait d'abord pu vivre,
et ensuite se transmettre comme une condition immanqua-
ble et inséparable de toute composition littéraire à travers
les siècles et les milieux les plus différents qu'ait connus
la culture latine. C'est à la condition seulement qu'il ne
constituât pas un gros casse-tête — hors des raffinements
qu'on était toujours libre de lui donner —, que ce jeu
a pu devenir l'accompagnement habituel, pour tout Latin
qui prenait la plume, de la forme qu'il donnait à sa pensée,

1. Ms. fr. 3965. Cahier intitulé *Valère Maxime*.

presque à l'instant où elle jaillissait de son cerveau, et
où il songeait à la mettre en prose ou en vers.

Que l'hypogramme ait atteint chez les Latins ce degré
d'une *sociation psychologique* inévitable et profonde, c'est
en effet ce qui résulte pour le reste de l'immensité des
textes, et hors de ce que j'entends dire spécialement ici.

On ne peut dire proprement « association » puisque l'un
des termes s'ajoute comme purement arbitraire et volontaire à l'autre, au moins dans le principe.

Nous avons dit qu'il suffisait d'un soin *attentif*. D'autre
part cette attention est portée à un point qui en fait une
préoccupation constante de l'écrivain : une préoccupation
hors de laquelle il ne se croit peut-être pas le droit d'écrire
une seule ligne [1].

---

1. Ms. fr. 3965. Cahier rouge sans titre sur la couverture. La page de garde
porte : *Valère Maxime (2ᵉ cahier)*.

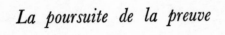

La poursuite de la preuve

*Ce sont là certes des faits, mais ces faits ont été activement
prélevés dans la structure globale du texte : tout autre aspect est
non moins activement négligé. La marge est étroite entre le choix
qui isole un fait, et le choix qui construit un fait. L'objection qui
surgit ici ne concerne pas le caractère arbitraire de la question posée
au texte : toute question est arbitraire, et la « science » en apparence
la plus « objective » suppose à sa source une question ou une curiosité
librement surgie du côté de l'observateur. Non, l'objection concerne
la « pertinence » du fait, son caractère spécifique et représentatif.
Sommes-nous certains que seuls les vers 268 et suivants de L'Énéide
livreront l'anagramme « Priamides » ? L'étoffe phonétique du langage n'est-elle pas assez ample pour que nous puissions découper
ce même mot dans des vers ou dans des œuvres qui n'ont aucun
rapport avec Hector ? Objection que Saussure lui-même ne manque
pas de s'adresser, et à laquelle il s'applique à répondre :*

> Mais si ce doute peut à tout instant s'élever, de ce qui
> est le mot-thème et de ce qui est le groupe répondant,
> c'est la meilleure preuve que tout se répond d'une manière
> ou d'une autre dans les vers, offerts à profusion, où
> semble jouer l'anagramme. Loin de supposer que la
> question doive forcément avoir à partir du mot que je
> dis anagrammisé, je serais enchanté qu'on me montrât
> par exemple qu'il n'y a pas d'anagramme mais seulement

une répétition des mêmes syllabes, ou éléments, selon des lois de versification n'ayant rien à voir avec les noms propres, ni avec un mot déterminé. C'est sous cette vue et cette supposition précisément que j'avais moi-même abordé le vers homérique, croyant avoir des raisons de soupçonner une proportion régulière de voyelles et de consonnes ; — je n'ai pu la trouver, j'ai vu en revanche l'anagramme établissable à tout instant et je m'en tiens à celui-ci pour qu'une voie quelconque soit ouverte sur des phénomènes que je tiens pour incontestables dans leur valeur générale. Le grand bienfait sera de savoir d'où part l'anagramme : mais l'anagramme en lui-même, ou la continuelle reproduction des mêmes syllabes sur un espace variant de 1 vers à 50 vers, sera comme j'en ai la confiance, un fait que toutes les recherches et tous les contrôles arriveront à confirmer invariablement [1].

Certes, le grand bienfait serait de savoir d'où part l'anagramme... Mais ne partirait-il pas du fait que Saussure a décidé de lire la poésie de Virgile et d'Homère en linguiste et en phonéticien ? Économiste, il y eût déchiffré des systèmes d'échange ; psychanalyste, un réseau de symboles de l'inconscient. On ne trouve que ce qu'on a cherché, et Saussure a cherché une contrainte phonétique surajoutée à la traditionnelle métrique du vers. Resterait à vérifier si ce qu'il a cherché et trouvé, en lisant les anciens poètes, correspond à une règle consciemment suivie par ceux-ci. Rien ne paraît alors plus nécessaire que de rencontrer, chez les anciens, un témoignage extérieur qui viendrait confirmer l'existence d'une règle ou d'une tradition effectivement observées. Ferdinand de Saussure a cherché ce témoignage, et n'a rien trouvé de décisif. Silence embarrassant, qui engage tantôt à formuler l'hypothèse d'une tradition « occulte » et d'un secret soigneusement préservé, tantôt à suggérer que la méthode devait sembler banale, allant trop parfai-

---

1. Ms. fr. 3963. Cahier intitulé *Anagrammes se rapportant à des personnages ou à des noms* incidents.

tement de soi pour qu'il fût nécessaire aux gens avertis d'en parler.
D'où l'extrême prudence observée par Saussure dans ses cahiers,
lorsqu'il s'agit de remonter des « faits » constatés à leur explication.
Si les faits lui paraissent évidents, leur pourquoi *reste inaccessible,*
comme s'il s'agissait d'un phénomène naturel et non d'une intention
humaine. Dans un cahier intitulé Varia, *Saussure s'explique :*

NOTE SUR UN OU DEUX POINTS GÉNÉRAUX

Il n'est pas indispensable, à mon sens, pour admettre
le fait des anagrammes, de décider, tout d'une haleine, quel
en devait être le *but* ou le *rôle* dans la poésie, et je crois
même qu'on risquerait de se tromper en voulant à tout
prix le limiter en le précisant. Une fois la chose instituée,
elle pouvait être comprise et exploitée en des sens très
différents, d'époque en époque, ou de poésie en poésie.
Comme pour toute autre FORME instituée et consacrée
par le temps, sa cause originelle peut être toute différente
de sa raison apparente, même si celle-ci semble en donner
la plus excellente explication; et c'est ainsi qu'on peut, je
crois, envisager la « coutume poétique » des anagrammes
de manières diverses, sans que l'une exclue l'autre.

Ce n'est pas seulement la *fonction de l'anagramme* (comme
telle) qui peut s'entendre, sans contradiction, de manière
diverse; c'est aussi son rapport avec les formes plus géné-
rales du jeu sur les phonèmes; et ainsi la question admet
de tous les côtés des solutions diverses.

Il est aussi facile de supposer que, si on a commencé
par l'ANAGRAMME, les répétitions de syllabes qui en jaillis-
saient ont donné l'idée d'un ordre à créer de phonème
à phonème, d'une allitération aboutissant à l'équilibre des
sons, que de supposer l'inverse : à savoir qu'on fut d'abord
attentif à l'équilibre des sons, puis qu'il parut naturel,
étant donné qu'il fallait répéter les mêmes sons, de choisir
surtout ceux qui se trouvaient faire allusion, du même coup,

à un nom que tout le monde avait dans l'esprit. Selon qu'on choisit la première possibilité ou la seconde, c'est un principe à la fois général et d'ordre esthétique qui donne lieu au fait particulier de l'anagramme ; ou bien c'est au contraire l'anagramme (quel qu'en soit le *pourquoi*, qui pourrait se trouver dans une idée superstitieuse) qui engendre le principe esthétique.

Mais en se bornant même à l'anagramme en tant qu'anagramme — pris dans la forme propre, et séparé de tous jeux phoniques plus étendus — je répète que je ne vois pas la nécessité de déclarer pour ainsi dire préliminairement quel rôle on lui attribue, comme moyen poétique, ou à tout autre égard. Ce ne sont pas, évidemment, les interprétations, les justifications imaginables pour un tel fait qui manquent : mais pourquoi en choisir une et la donner comme par évidence pour la bonne, alors que je suis bien persuadé d'avance que chaque époque pouvait y voir ce qu'elle voulait, et n'y a pas toujours vu la même chose.

Seul, ce côté négatif des questions ou objections opposées à l'anagramme peut toucher, qui consistera à dire que, — reçue ou non par tradition —, tel ou tel poète comme Virgile n'a pas dû raisonnablement s'astreindre à suivre une telle pratique ; ou que, quel qu'en fût le caractère, il n'a pu au moins l'accepter que s'il y voyait vraiment un avantage poétique. Devenant plus personnelle à mesure qu'on avance dans le temps, je reconnais que la question se relie alors de près à une *intention poétique*, ce que j'ai nié ou présenté sous d'autres aspects pour la somme des siècles avant cette poésie personnelle.

Voici ce que je vois à répondre à cela :

Je n'affirme pas que Virgile ait repris l'anagramme pour les avantages esthétiques qu'il y voyait ; mais je fais valoir ceci :

1º On ne saurait jamais mesurer la force d'une tradition de ce genre. Il y a bien des poètes français du XIXe siècle qui n'auraient pas écrit leurs vers dans la forme prévue par Malherbe s'ils avaient été libres. Mais en outre, si l'habitude de l'anagramme était d'avance acquise, un poète comme Virgile devait voir facilement les anagrammes répandus dans le texte d'Homère, il ne pouvait pas, par exemple, douter que dans un morceau sur Agamemnon, un vers comme "Άασεν άργαλέων άνέμων άμέγαρτος άϋτμή fût relatif par ses syllabes à 'Αγαμέμνων, et alors, déjà prévenu par la tradition nationale, si l'incomparable autorité d'Homère s'ajoutait, on voit combien il pouvait être disposé à ne pas s'écarter de la règle, et à ne pas rester inférieur à Homère sur un point qui avait paru bon à celui-ci.

2° Nous nous faisons une idée fausse de la difficulté de l'anagramme, idée qui aboutit à se figurer qu'il faut des contorsions de pensée pour y satisfaire. Quand un mot coïncide plus ou moins avec le mot-thème, il semble qu'il ait fallu des efforts pour arriver à le placer. Mais ces efforts n'existent pas si la méthode habituelle et fondamentale du poète consistait à décomposer préalablement le mot-thème, et à s'inspirer de ses syllabes pour les idées qu'il allait émettre ou les expressions qu'il allait choisir. C'est sur les morceaux de l'anagramme, pris comme cadre et comme base, qu'on commençait le travail de composition. Et qu'on ne se récrie pas, car plus d'un poète français a avoué lui-même que la rime non seulement ne le gênait pas, mais le guidait et l'inspirait, et il s'agit exactement du même fait à propos de l'anagramme. Je ne serais pas étonné qu'Ovide, et Virgile lui-même, aient préféré les passages où il y avait un beau nom à imiter, et une mesure serrée donnée ainsi au vers, aux passages quelconques où ils avaient la bride sur le cou, et où rien ne venait relever la forme qu'ils avaient choisie [1].

1. Ms. fr. 3964. Cahier sans couverture intitulé *Varia*.

*Une discussion analogue se retrouve dans un autre cahier ;
Ferdinand de Saussure donne beaucoup de force à une critique qui
soumettrait sa théorie des anagrammes à une vérification par le
calcul des probabilités :*

Aucune fin possible à la question des chances, comme
le montre l'illustration suivante :

Le plus grand reproche qu'on puisse faire est qu'il y
a chance de trouver en moyenne en trois lignes (vrai ou
non) de quoi faire un hypogramme quelconque.

Donc la meilleure réfutation sera de montrer les nombreux hypogrammes où on n'arrive au contraire qu'au
bout de sept ou huit lignes à constituer l'hypogramme
(j'entends *en sept ou huit lignes qui concourent toutes*, non :
à distance de sept ou huit lignes du NOM dans le texte,
ce qui est sans importance).

On aura donc réfuté, par la propre voie que choisit
l'objection, l'idée qu'il est tout facile de trouver un hypogramme quelconque en trois lignes.

Et *ipso facto* on sera tombé dans un filet pire que le
premier : car maintenant qu'il est prouvé qu'on ne peut
pas avoir un hypogramme très facilement en trois lignes,
rien n'empêche de faire cette autre objection, dès qu'on en
prend sept ou huit pour réfuter l'objection 1 :

« C'est clair, vous continuez jusqu'à ce qu'il y ait une
telle masse de syllabes en ligne qu'inévitablement l'hypogramme se réalise par hasard. »

Objection : Le hasard peut tout réaliser en trois lignes.

Réponse : C'est faux : et la meilleure preuve est que la
moitié des anagrammes que nous prétendons vrais ne
peuvent pas être obtenus souvent en moins de six lignes
ou davantage.

Réplique : Alors, et du moment que vous ne restez
plus dans les trois lignes, les chances s'accumulent à un
degré qui rend tout possible [1].

---

1. Ms. fr. 3965. Cahier de toile lustrée noire intitulé *Horace. Tacite.*

Saussure ne tranche pas. Sans doute ces considérations l'ont-elles retenu de publier quoi que ce soit de ses recherches concernant les anagrammes. Il a évalué longuement les arguments, tant pour la poésie homérique que pour la poésie latine :

Mais c'est l'abondance de ces faits, — pas autre chose au fond — qui répand pour le moment un vague extrême sur leur ensemble. Tout se touche, et on ne sait où s'arrêter. De sorte que l'on pourrait hésiter, en procédant à un examen critique, entre quatre hypothèses :

Ou bien ces rencontres sont inévitables, et le chercheur est victime d'une illusion provenant du nombre limité de syllabes grecques. On peut dire, dans ce sens, que les seules consonnes permises à la fin des mots sont, sauf exception, ρ, ν, ς, et que dès lors le nombre des ρε, να, σο, σι, etc. constitués par la rencontre ἀνὴ/ρ ἐπ/ί, ἀνδρῶ/ν ἀ/πό etc. à la fin des mots devant voyelle devient si grand qu'il ne faudrait pas parler des syllabes commençant par ρ, ν, ς.

[On peut répondre que les faits sont encore plus frappants là où il s'agit de λ, κ, β, et autres éléments presque inconnus à la fin des mots.]

Ou, deuxième hypothèse, ne différant pour moi en rien de la première, ce serait seulement par un jeu volontaire du poète, par exemple quand il répète le verbe ῥοιβδεῖν après Χάρυβδις, qu'existerait de temps en temps, comme image poétique, comme onomatopée pittoresque, une répétition voulue de syllabes.

[A quoi il faut répondre que ce sont les vers les plus nuls pour l'imagination, comme les vers-formules, qui font voir plus que tous les autres le souci de la répétition. — Et que tels passages, comme le début de *L'Iliade*, ne sont qu'une suite ininterrompue sur l'espace de 6 à 8 vers de répétitions syllabiques flagrantes.]

Troisième hypothèse : l'homophonie serait chose reconnue, même indispensable pour faire deux vers

quelconques, mais elle serait du reste libre. Il faudrait
tâcher, un mot étant donné, — ou même sans qu'aucun
mot soit donné —, de multiplier dans un certain espace
les syllabes et les phonèmes à peu près semblables : de
manière à créer dans tel passage l'impression des σκ,
des ξ, des σπ, des ψ, des σφ, des σθ; puis dans tel autre
des syllabes simples sans groupe consonantique rude, et
courant sur les λ, les μ, les ν, eux-mêmes en syllabe simple.

C'est là l'hypothèse la plus « dangereuse » en ce sens
qu'elle pourrait être vraie, et ainsi menacer toute hypothèse plus réglée que cela.

[A son tour elle veut une réponse. Or les équivalences,
soit consonantiques, soit vocaliques, à tirer des vers-formules
semblent unanimement fondées sur une règle beaucoup plus
précise que la vague permission d'imiter, et donnent toutes
l'idée d'une balance régulière par chiffres.]

Quatrième hypothèse. Homophonie réglée par chiffres,
dépendant de telle ou telle considération — par exemple
l'implosivité des phonèmes : car il est certain que le ρ de
ἔπερσεν vaut 1/2 more et que celui de Τροίης vaut zéro
more. Toute espèce de lois, comme par exemple celle-là :
que 1 phonème implosif vaille 2 fois le même phonème
explosif, sont possibles. Ainsi ἀλλήλων vaudrait 1 λ
implosif + 2 λ explosif = zéro λ, par compensation
de 2 à 1 + 1. D'innombrables vers se trouvent en règle
par cette loi, mais pas d'autres, et ainsi je reste dans le
doute général, excluant seulement les deux premières
hypothèses que j'ai mentionnées [1].

En dehors des *loci conspicui*, des paramorphes évidents,
il est certain que toute la question des hypogrammes serait
livrée à un doute; à un doute d'une nature extrêmement
complexe d'ailleurs.

---

1. Ms. fr. 3957/2. Brouillon de lettre, destinataire inconnu, extrait.

Même avant de discuter sur les faits, considérons les paradoxes inextricables et continus où est jeté en théorie et en principe celui qui aborde ces faits.

Une pièce n'offre que *maigrement* l'homogramme désiré : — ainsi il est clair que nous nous berçons d'illusions, ou que nous voulons à toute force arracher au texte ce qu'il livre à peine.

Une pièce offre *surabondamment* l'homogramme désiré : — ainsi il est clair qu'on peut avoir partout quand on veut l'hypogramme désiré, que cela est une chose banale, inévitable par la somme des chances.

Les deux conclusions sont à écouter, à mettre en regard très sérieusement. On voit cependant qu'elles sont contraires et qu'on ne pourrait constituer un système de négation autrement qu'en décidant de passer pour la négation à deux arguments inverses tout le temps, et en changeant de monture à chaque cas.

Si l'hypogramme est trop faible, il se prouve nul; si l'hypogramme est trop fort, il se prouve encore nul, en prouvant sa facilité générale.

Or dans le 1er cas on voit cependant qu'il *réfutait* la facilité générale, puisqu'il y avait difficulté à le trouver.

Mais il est certain que cela aboutit à un calcul général des chances. On peut être persuadé mille fois, quand on a vu de près les opérations de l'hypogrammatiste, qu'il voulait faire effectivement l'hypogramme d'un nom, d'un bout à l'autre d'une pièce; on peut même montrer que cette pièce offre périodiquement, régulièrement, deux fois, trois fois, quatre fois, l'accomplissement d'un groupe de syllabes comme *Themistocles, Calpurnius, Epaminondas*; rien ne procurera la conviction générale que cela soit voulu, parce que, incontestablement, il y a une difficulté non très grande à ce que cette suite de syllabes surgisse du hasard.

C'est donc une question de *degré* et de calcul tant

qu'on en reste aux grands homogrammes courant dans un grand espace, et dénués d'autre vérification probante [1].

Quand un 1er anagramme apparaît, il semble que ce soit la lumière. Puis quand on voit qu'on peut en ajouter un 2e, un 3e, un 4e, c'est alors que, bien loin qu'on se sente soulagé de tous les doutes, on commence à n'avoir plus même de confiance absolue dans le premier : parce qu'on arrive à se demander si on ne pourrait pas trouver en définitive tous les mots possibles dans chaque texte, ou à se demander jusqu'à quel point ceux qui se sont offerts sans qu'on les cherche, sont vraiment entourés de garanties caractéristiques, et impliquent une plus grande somme de coïncidences que celles du premier mot venu, ou de celui auquel on ne faisait pas attention. On est à deux pas du calcul des probabilités comme ressource finale, mais comme ce calcul, en l'espèce, défierait les forces des mathématiciens eux-mêmes, la véritable pierre de touche est de recourir à ce que dira l'instinct d'une seconde personne non prévenue, et mieux capable de juger par cela même. Je n'ai pas voulu éloigner de vous la raison de doute qui provient de la surabondance même qui s'offre en fait d'anagrammes [2].

Saussure s'est aperçu qu'on pouvait lire le nom de Pindarus *sous les premiers vers de* L'Énéide, *bien qu'il n'y soit nullement question du poète grec* [3].
Voici quelques lignes qui semblent exprimer le dernier état de la pensée de Ferdinand de Saussure ; on y voit coexister la conviction et le doute :

---

1. Ms. fr. 3968. Cahier d'écolier sans titre.
2. Ms. fr. 3969. Pages détachées, numérotées, intitulées *C.I.L.*, *I*, *34*. Le fragment que nous citons se trouve à la page 5.
3. Ms. fr. 3962. Cahier intitulé *Contrôle*.

1º Depuis les plus anciens monuments saturniens jusqu'à la poésie latine qu'on faisait en 1815 ou 1820, il n'y a jamais eu d'autre manière d'écrire des vers latins que de paraphraser chaque nom propre sous les formes réglées de l'hypogramme; et c'est dans le moment où il a sombré tout récemment que ce système avait atteint la phase culminante de son développement. La prose littéraire est placée sous le même régime dans l'antiquité; mais

2º De la tradition occulte dont l'existence apparaît par là, nous ne savons rien, j'entreprends moins que personne de rien dire, la considérant comme un problème qui demeure en tant que problème complètement indépendant de la matérialité du fait.

3º La matérialité du fait peut-elle être due au hasard ? C'est-à-dire les lois de « l'hypogramme » ne seraient-elles pas tellement larges qu'il arrive immanquablement qu'on retrouve chaque nom propre sans avoir à s'en étonner, dans la latitude donnée, — tel est le problème direct que nous acceptons et l'objet proprement dit du livre, parce que cette discussion des chances devient l'inéluctable base du tout, pour quiconque aura préalablement consacré de l'attention au fait matériel dans une mesure quelconque [1].

Dans l'un des cahiers consacrés aux Carmina Epigraphica, *nous rencontrons une autre version des mêmes considérations, sous le titre de* Conclusions :

I. Depuis le temps où la poésie latine pratiquait encore le vers saturnien jusqu'à la plus basse époque et jusqu'en plein moyen âge, elle n'a cessé à aucun moment de courir, dans le choix des mots qui composent le vers, sur la donnée de l'anagramme, — sous la forme spéciale (et *double* grâce aux mannequins) que nous nommons l'hypogramme.

1. Ms. fr. 3968. Cahier sans couverture, dont la première page concerne des traductions latines de Thomas Johnson. (Saussure se méprend sur la date de composition de ces traductions. Cf. *infra*, p. 148.)

Les sondages qu'on peut faire dans des textes continus comme les poèmes épiques ne permettent pas plus d'apercevoir une interruption dans l'hypogramme, que l'on n'en découvre dans les pièces d'étendue restreinte, odes, épigrammes, élégies, fables, etc. ... Les genres scéniques, par leur nature à la fois plus étendus et coupés dans leur texte, présentent le même phénomène.

Il ressort de là qu'à aucune époque, et dans aucun genre, il n'a existé une manière de faire des vers latins qui consisterait simplement à pourvoir à la mesure du vers; mais que la *paraphrase phonique* d'un mot ou d'un nom quelconque est la préoccupation parallèle constamment imposée au poète en dehors du mètre.

Bien autrement que la condition du mètre, une telle loi domine d'avance toute l'expression et toutes les combinaisons de mots que peut choisir le poète : elle devient fatalement, si elle existe, la base — déplorable en sa nature — mais impossible à fuir en ses effets, qui déterminera presque pour tout passage la forme que donne l'auteur à sa pensée par les mots.

Ces « règles » représentant autant de facultés accumulées semblent tendre à rendre l'anagramme illusoire. Je réponds avec une certaine confiance en me remettant à l'avenir : il arrivera un moment où l'on en ajoutera bien d'autres et où celles-ci paraîtront le maigre squelette du code dans son étendue réelle. On aura eu le temps, vu que nous n'en avons pris que l'essentiel, d'autre part de reconnaître que l'hypogramme en soi est tellement incontestable qu'il n'y a rien à redouter, ni pour son existence ni pour son exactitude, de la pluralité des voies qui s'ouvrent pour ses différentes réalisations.

II. N'ayant pas fait d'étude spéciale des écrits des métriciens latins, il me serait difficile [de dire] personnellement si une allusion quelconque à la nécessité des hypogrammes existe dans leurs écrits. Comme une telle allusion n'a jamais été signalée, on doit supposer que les théoriciens antiques de la versification latine se sont abstenus constamment de mentionner une condition élémentaire et primaire de cette versification. Pourquoi ils ont observé le silence, c'est un problème auquel je n'ai point de réponse, et qui, en face de la scrupuleuse observation de tous les poètes [1]

Significative interruption, qui marque un point d'achoppement. La règle, si rigoureusement observée et transmise, n'est signalée, dans toute la littérature, par aucune allusion. Pas un traître à travers des générations ! Pourquoi pareil procédé (car il ne s'agit en fin de compte que d'un procédé) devrait-il faire l'objet d'un interdit? Passe encore quand la poésie est d'essence religieuse : en ce domaine, tout peut être motif d'initiation et de rite réservé. Mais dans la poésie profane? Mais chez les imitateurs et les traducteurs? Y a-t-il une raison de cacher un procédé de composition qui, s'il est obligatoire, ne devrait pas être moins librement avoué ou prescrit que les règles de la métrique, de l'accentuation, ou que les préceptes — accessibles à tous — de la rhétorique dans son ensemble?

Comment Naevius, Ennius, Pacuvius, Attius conservaient encore une tradition qui pouvait sembler inviolable à leur époque imitative, je le comprends encore. Comment un Virgile avec son souffle de poésie original malgré tout, un Lucrèce avec sa préoccupation intense de l'idée, un Horace avec son bon sens solide sur toutes les choses, pouvaient-ils s'astreindre en revanche à garder cette relique incroyable d'un autre âge? C'est là ce qui m'échappe, je l'avoue, absolument. Je ne vois autre chose à faire qu'à présenter l'énigme telle qu'elle s'offre.

Je n'ai pas davantage d'explication sur le fait difficile à comprendre ou à croire que pas un seul auteur latin qui ait écrit *De re metrica*, ou ait parlé généralement de

---

1. Texte interrompu. Ms. fr. 3966. Cahier de toile orange intitulé *Carmina Epigraphica, Fin : Le passage Tempus erat Ausone.*

la composition poétique, n'ait l'air de savoir, de *vouloir savoir* du moins, que la base fondamentale d'une composition poétique est de prendre pour canevas les logogrammes d'un nom ou d'une phrase. Cela lorsque dans les provinces les plus reculées de l'Empire, à distance de tout centre littéraire, il n'y a probablement pas une seule épitaphe modeste, pas une seule ligne de poésie latine même grossière, aussi bien que celles qui la développent à travers les dédales d'une composition savante, qui ne coure fondamentalement sur l'anagramme. Vers de Tibulle :

semblant indiquer la chose.

Bonne fin, rester sur le vers de Tibulle.

Un vers fugitif de Tibulle ou du Pseudo-Tibulle[1] de l'Éloge de Messala est tout ce que j'ai pu surprendre comme signe [possible] de la part des Latins de leur figure constamment employée et déployée par eux du logogramme.

... sonent[2].

Tout se passe comme si, par une étrange malveillance, les Latins refusaient d'avouer l'évidence. Et pourquoi le vers de Tibulle échappe-t-il à la mémoire du savant? Il s'interroge ailleurs sur une piste à suivre :

Allusions aux hypogrammes (?)

Suétone, *De illustribus Grammaticis*, chap. 6; parlant d'Aurelius Opilius :

Hujus cognomen in plerisque indicibus et titulis per unam litteram scriptum animadverto : verum ipse id per duas effert in parastichide libelli qui inscribitur Pinax.

Suétone (dans Caligula? ou Néron?) parle d'un Hermo-

---

1. « Il n'y a pas lieu de le considérer comme Pseudo-Tibulle. Du moins Tibullus est écrit à chaque ligne. »
2. Ms. fr. 3963. Cahier d'écolier sans titre.

genes condamné pour quelques *figurae* que renfermait une histoire qu'il avait composée [1].

Ailleurs nous voyons Saussure transcrire avec empressement ces deux vers de Martial :

ALLUSION A L'HYPOGRAMME EN TANT QU'HYPOGRAMME?

Martial, XIII, 75 :

GRUES

Turbabis versus nec litera tota volabit
Unam perdideris si Palamedis avem.

(Trad. Panckoucke : Tu dérangeras le triangle, et le delta ne sera plus entier au sein des airs si tu en ôtes un seul des oiseaux de Palamède [2].)

Il n'y a rien là qui autorise un savant aussi scrupuleux que Ferdinand de Saussure à s'estimer satisfait. Il n'en poursuivra pas moins son analyse des hypogrammes chez un grand nombre d'auteurs. La recherche se laissera guider, selon les termes de F. de Saussure, par une sorte de foi.

Mais, faute d'aveux et d'attestations de la part des intéressés eux-mêmes (c'est-à-dire des poètes), la théorie des hypogrammes ne peut résister que si elle est soutenue par un système de vérifications et de contre-épreuves. Saussure a longuement cherché une méthode qui lui permît de prouver que les hypogrammes n'étaient pas le fruit du hasard. L'objection (nous le savons par un fragment publié ci-dessus) était présente à son esprit. L'on croit deviner que, par les voies de la science, Ferdinand de Saussure est venu buter à cette affirmation poétique de Mallarmé : « Un coup de dés jamais n'abolira le hasard. ... Toute pensée émet un coup de dés. » De fait, la distribution large des phonèmes dans un vers ou dans une série de vers ne fournit-elle pas un matériau suffisant pour prélever après

1. Ms. fr. 3965. Cahier d'écolier intitulé *Pline l'Ancien*.
2. Passage encadré de gros traits aux crayons bleu et rouge. Ms. fr. 3965. Cahier de toile lustrée noire intitulé *Horace, Tacite*.

*coup la substance d'un nom plus bref, supposé antécédent à la compo-
sition versifiée? Au lieu d'être le motif directeur de la création
poétique, l'hypogramme pourrait n'être qu'un fantôme rétrospectif
éveillé par le lecteur : ce jeu de patience serait toujours assuré d'être
une « réussite ». Mais Ferdinand de Saussure essayait de prouver
que la fréquence de l'anagramme (telle qu'il l'établissait), était
infiniment plus grande que ne l'eussent permis les seules rencontres
de hasard. A l'un de ses élèves* [1]*, qu'il avait associé à sa recherche,
il écrivait le 28 août 1908 :*

Cher Monsieur,

Dans les cahiers que je vous ai remis, il ne se trouve
rien sur Ange Politien, et il me semble, après étude nouvelle, que j'ai un peu le devoir de vous dire d'attendre que
j'aie complété les séries relatives à cet auteur. En consa-
crant du temps aux autres collections, tirées de toute
espèce de textes — et naturellement chacune excessivement
fragmentaire quant à l'auteur qu'elle concerne —, vous
pouvez sans doute acquérir un entraînement gymnastique
assez utile pour toute la question, mais j'ai bien le sentiment
que vous resterez finalement perplexe, puisque je ne cache
pas que je le suis resté moi-même —, sur le point le plus
important, c'est-à-dire de ce qu'il faut penser de la réalité
ou de la fantasmagorie de l'affaire entière.

Vous avez bien vu, encore plus que je n'ai pu vous le
dire, qu'il s'agit surtout au préalable de se procurer un
genre de foi quelconque, soit-ce par exemple celui de la
probabilité de l'ensemble, ou celui que « quelque chose »
est certain. Or il me semble de plus en plus que le texte

---

1. M. Léopold Gautier, que nous remercions pour les documents qu'il
nous a obligeamment communiqués. Deux mois plus tard, le 29 octobre 1908,
Saussure priait Léopold Gautier d'interrompre son travail de contrôle : « *J'ai
trouvé une base toute nouvelle qui, bonne ou mauvaise, permettra en tout cas de
faire une contre-épreuve dans un temps minime, et avec des résultats beaucoup
plus clairs.* » Je regrette de ne pouvoir signaler la méthode adoptée par Ferdinand de Saussure.

d'Ange Politien donne le moyen de se poser cette question de foi, et de la trancher commodément sur place : en effet, si l'hypogramme n'existe pas chez Ange Politien, j'entends comme une chose que l'on reconnaît voulue par ledit Ange, je déclare abandonner l'hypogramme alors partout, sans rémission aucune et pour toutes les époques de la latinité. Ce texte n'est en effet ni plus ni moins frappant — plutôt plus frappant —, que les textes antiques, et ainsi par la réponse qu'on donne à une monographie de Politien peut se mesurer la réponse à donner au reste. Je vous conseillerais, comme vous voyez, de réserver le temps que vous pouvez mettre à l'examen de la question jusqu'aux cahiers sur Politien que je vous enverrai.

Vous verrez, je crois, qu'il y a aussi quelques nouveaux points de vue amenés par l'étude exacte de Politien. Comme je le disais, ce n'est pas l'hypogramme qui doit retenir toute l'attention : il ne donne pour ainsi dire que le fil des syllabes, et il ne faut jamais perdre de vue le texte : dans ce texte il y a des mots dont la composition syllabique constitue une nouvelle preuve courante qu'ils ne sont pas choisis au hasard.

Ferdinand de Saussure avait-il acquis une plus grande agilité dans la recherche des hypogrammes lorsqu'il a abordé les textes de Politien ? Il lui consacre 9 cahiers. Le fait est que cette lecture lui a révélé de bien singulières superpositions d'hypogrammes. Nous donnons ici la reproduction textuelle de l'analyse à laquelle Saussure a soumis l'épitaphe de Fra Filippo Lippi [1].

1. Ms. fr. 3967. Cahier d'écolier bleu intitulé *Ange Politien (Cahier II) Pièces de 4 à 8 vers.*

①

N° XCII. In Philippum

POLITIANUS

(Comme signa-
= ture, si
l'hypogramme
est voulu.)

Conditus hic ego sum picturae fama Philippus:
                P   P
        O   LI
  IT   HI —   — — A
  -N — US   US

Nulli ignota meae est gratia mira manus.
  LI-I —   — T   TI^A – A   ANUS
NU —   US

Artifices potui digitis animare colores:
      PO   OL
       ^I- /ITI/ AN

Sperataqve animos fallere voce diu.
                      – I^ -
      ^AN   – U

Ipsa meis stupuit natura expressa figuris,
           IT
I- -A — — — N (-u — —   u – s)
I — ^I — -^I — A^ — A

Meqve suis fassa est artibus esse parem.
   (^I- - A^)   /TI/ US   // P—

Marmoreo tumulo Medices Laurentius hic me
   – O —   O   L   I
                       TI^
                  A — N — US

Condidit; ante humili pulvere tectus eram.
                  L
    IT   AN   H — I   T
        AN — U — I   — US

fratrem, pictorem. (Fra Filippo Lippi).

PHILIPPUS

Conditus hic ego sum picturae fama Philippus
P —— F
HI   PI

Nulli ignota meae est gratia mira manus
LI.   (US)

Artifices potui digitis animare colores,
−FI   P−I
(p − u —— s)

Sperataqve animos fallere voce diu.
LL

Ipsa meis stupuit natura expressa figuris
FI
IP   PU ——— (u) .   (u)−S

Meqve suis fassa est artibus esse parem.
(IB)US
//F ———————— P
Marmoreo tumulo Medices Laurentius hic me
HI
L · ——— I

Condidit; ante humili pulvere tectus eram.
· H−ILIPU ——— US

verso

Photo Jean Arlaud, Genève

3)   [In Philippum fratrem pictorem. (V. recto.)]

<u>PICTOR</u> peut aussi se découvrir, mais est exécuté sans soin; car aucun mot de l'épitaphe ne présente <u>R</u> final qui serait nécessaire pour pictar.

1°/ Vers 3 :

3. Artifices potui digitis animare colores
     IC   P – I   (IG-T)   C   OR

4. Speratagve animos fallera voce diu
    p   (t c   i   o   r)

2°). Vers 6-7 :

6. - - - - - - - - - - - - - - - ··· esse parem
                           P –

7. Marmoreo tumulo Medices Laurentius hic me
                       IC   IC
       T – O
   OR

<u>LIPPUS</u> (= Lippi) se distinguerait à peine du <u>Lippus</u> contenu dans <u>Philippus</u> – Il n'y a en tous cas d'<u>L</u> initial que dans le mot <u>Laurentius</u>, et ce serait aussi ce mot qui formerait le seul mannequin pour <u>Lippus</u>. – Le nom pourrait aussi être <u>Lippius</u> (cf. <u>Laurentius</u>, pot<u>ui</u>t, stup<u>ui</u>t); et si la forme est telle, il en résulte une coïncidence avec <u>P(h)ilippus</u> dans les <u>PI</u> au lieu des <u>PU</u>.

[*In Philippum fratrem. Suite.*] . (4

<u>MEDICES</u> , nommé au vers 7, est hypographié 6-7-8.

6. | Meque suis | fassa est artibus esse parem
ME -E - - - - - - - - - ·· (t - ti)
C - ES - S   ES   ESS

7. Marmoreo tumulo Medices Laurentius hic me
M — M -(E)
(t —————— ti) IC — E
ME

8. <u>Condidit</u>; ante humili pulvere tectus eram.
- DI - DI ——— I
C ———— E ——— E -(é)- S

Dans | Meque suis | fassa est artibus |
le mannequin de ~~xxxxxxxxxxx~~ Philippus
est juxtaposé ou compris dans celui de Medices

Sur Leonora Butti
nom de la maîtresse de
Lippi, v. Addition,
page 76 de ce cahier.

Photo Jean Arlaud, Genève

(76)

Addition concernant
l'épigramme funéraire
sur Fra Filippo Lippi.
(pages 1 seq. plus haut).

(1469)   Ce peintre mourut à Spolète assassiné par
les frères de Leonora Butti (ou Buti?)
qu'il avait séduite.

.L'hypogramme „Leonora" n'est ni très
marqué, ni laborieux à trouver si on veut
le chercher dans la pièce :

       V. verso les vers 1-

7. Marmoreo tumulo Medices Laurentius hic m

$$E^{\hat{}}O \quad\text{---}\quad O \quad\text{---}\quad (n) \qquad H$$

OR   ar + aur = RA ?

8. Condidit; ante humili pulvere tectus era

   -QN-   -EH- | RA-

La manière de marquer l'A final est le seul défau
positif de ce dernier hypogramme.

On peut trouver Butia (et Putia) dans la piè

77. ⌐V. recto.⌐

1. Conditus hic ego sum picturac fama Philippi

$$\text{H} \quad \frac{E-0}{\frac{0}{0}}$$

ON   RA- A

2. Nulli ignota meae est gratia mira manus.

$$\text{LL} \qquad E^\wedge E^\wedge$$

N ——NO –   RA-A RA·

3. Artifices potui digitis animare colores

(hiatus mann) Presque valable
Vu l'accumula-
= tion, et les couples $\rightarrow$ $\left(n \frac{\overset{\ell-e}{o\ \overset{-}{o}}}{a-a^{\tau} \overset{\cdot o}{2}} \right)$

az + az = RA   L $\underset{E}{\overset{OR}{—}}$

4. Sperataqve animos fallere voce diu.

$$\text{LLE-E-E}$$

E —— E^ (n-o) .   (o)

RA-A (A-j

5. Ipsa meis stupuit/natura expressa figuris

E^ ——   —— ^E

RA   (z-a)

6. Meqve suis fassa est artibus esse parem

(az + az = RA)

⌐Suite au Recto.⌐

Photo Jean Arlaud, Genève

On le voit, l'hypogramme tend à impliquer toutes les personnes nommées dans le poème, et par surcroît une maîtresse qui n'y est pas nommée, mais qui a joué un rôle essentiel dans la mort de Filippo. Les hypogrammes de Saussure sont la plupart du temps tautologiques : ils nous offrent, à l'état dispersé, des noms qui figurent selon leur élocution normale à l'intérieur même du poème. Et voici qu'avec le nom de la maîtresse de Filippo, l'hypogramme prend un aspect cryptographique. Ferdinand de Saussure, toutefois, ne s'est pas perdu dans la recherche des secrets dissimulés. Son idée directrice n'était pas que les poèmes disent plus que ce qu'ils avouent ouvertement, mais qu'ils le disent en passant nécessairement par un mot clé, par un nom-thème.

La surprise sera grande pour Ferdinand de Saussure lorsqu'il ouvrira un recueil d'épigrammes traduites du grec en latin et publiées en *1813* pour le collège d'Eton. Le traducteur se nomme Thomas Johnson. Les hypogrammes y pleuvent littéralement. Ainsi, dans un poème traduit d'Héraclide (N° *141* du recueil de Johnson) :

Hospes, Aretemias sum: Patria Cnidus: Euphronis veni
In lectum, partus dolorum non ecspers fui.
Duos autem simul pariens, hunc quidem reliqui viro ducem
Senectutis; illum vero abduco monimentum mariti.

Saussure y trouve les hypogrammes suivants, par des lectures successives : Heraclides; *puis :* Euphron; *puis :* Cnidus; *puis :* Aretemias [1]. *Le premier vers à lui seul donne encore :* Thomas Johnsonius; *mais aussi :* Artium Magister; *et de plus, cette formule qui figure sur la page de titre de l'ouvrage :* in usum scholae Etonensis. *Ce qui est mieux, les mêmes hypogrammes se laissent lire à travers les second, troisième et quatrième vers du poème [1]. Saussure consacrera onze cahiers, inégalement remplis, à l'étude des vers latins de Johnson. Alerté par une telle virtuosité, et animé par l'espoir de trouver des documents enfin probants, F. de Saussure écrit le brouillon d'une lettre au directeur du collège d'Eton, le 1er octobre 1908 :*

1. Ms. fr. 3968. Cahier à couverture de toile noire intitulé *Th. Johnson V*, p. 59 à 84.

Genève, Cité 24
1er oct. 1908.

Occupé d'une recherche sur la Latinité moderne et sur certaines formes de style et de rédaction observées par les bons latinistes depuis le xvie siècle, j'ai rencontré, par grand hasard, un ouvrage intitulé Novus Graecarum Epigrammatum et ΠΟΕΜΑΤΩΝ Delectus, cum nova versione et notis. Opera THOMAE JOHNSON, A. M. — *In usum Scholae Etonensis.* — Editio nova. — Etonae 1813. (150 pages).

Quoique la partie latine de ce petit livre, destiné simplement aux classes d'Eton, consiste en une traduction pure et simple des épigrammes grecs donnés dans la première partie, la rédaction de cette traduction latine offre, à mon jugement, des caractères extrêmement remarquables, selon les observations antérieures que j'avais été amené à faire, sur certaines règles spécialement recommandées depuis la Renaissance dans les écoles de tout l'Occident pour écrire le latin. Je reconnais une grande importance à ce livre au point de vue de ces formes consacrées, dont il est un témoignage particulièrement fidèle, comme j'essaierai de le démontrer.

Le but de ma lettre est de vous demander, Monsieur, si, comme directeur du Collège où écrivit et enseigna Thomas Johnson vers l'année 1800, vous disposez peut-être de renseignements sur la vie et les œuvres de ce *scholar*. Je considérerais comme un service fort gracieux de votre part, et vous serais vivement obligé, si vous vouliez me faire communication de ce qui est connu, dans le Collège même, de la carrière de ce Thomas Johnson, ancien maître à ce Collège; en particulier ses *autres publications*, mais aussi, si vous les aviez sous la main, n'importe quels détails *biographiques*.

La valeur très réelle que j'attribue à la latinité de Thomas Johnson sera pour moi l'excuse de mon indiscrétion auprès de vous à propos de son œuvre. En espérant que j'aurai peut-être ainsi, d'Eton même, les renseignements authentiques que je souhaitais d'avoir, je vous prie, Monsieur, d'agréer les assurances de ma haute considération avec tous remerciements anticipés.

Pourrais-je en même temps vous demander si je ne me trompe pas en lisant les initiales A. M. comme *Artium Magister* [1].

Nous ne savons pas si la lettre fut envoyée, ni, à plus forte raison, si Saussure obtint réponse. A la vérité, il aurait pu se renseigner sur Thomas Johnson (de Stadhampton) dans le Dictionary of National Biography *(1892), qui figurait depuis 1897 à la Bibliothèque Universitaire de Genève. Il y aurait vu que Thomas Johnson fut* scholar *du King's College de Cambridge de 1683 à 1695 ; qu'il y obtint le titre de B. A. en 1688 et celui de M. A. en 1692. On ne donne, pour sa traduction latine des épigrammes grecques, que la date de la 2e éd. : 1699. L'ouvrage y est indiqué comme toujours en usage à Eton. La dernière édition mentionnée par le catalogue du British Museum date de 1861. L'hypogramme* in usum scholae Etonensis, *discerné par Saussure, correspond au choix relativement tardif d'un texte scolaire par l'école d'Eton, et non à la destination primitive de l'ouvrage.*

Si nombreux que fussent donc les indices internes de la composition hypogrammatique, Ferdinand de Saussure ne voulait pas s'en contenter. Il restait préoccupé par la nécessité de la preuve externe. Les évidences internes pouvant être des suppositions du lecteur aussi bien que des soubassements intentionnels de la mise en œuvre, il importait d'établir, par des témoignages directs, l'intention anagrammatique. Entre le phénomène de l'anagramme *et celui de* l'analecte, *la balance restait indécise, tant qu'un aveu précis ne permettait pas de trancher. Partant de l'hypothèse que l'hypogramme est un procédé conscient, transmis plus ou moins secrètement de maître à élève, Saussure a pu finalement espérer que la confirmation lui serait apportée par l'un ou l'autre des rares*

1. Ms. fr. 3957/2.

praticiens modernes de la versification latine. Car des anagrammes se rencontrent chez Rosati, auteur d'une Élégie à Ferdinand de Lesseps ; et il s'en trouve des quantités dans les poèmes de Pascoli, récompensés au Certamen Hoeufftianum *de l'Académie d'Amsterdam. Sur des feuilles de très grand format, Saussure étudie des extraits du* Catullocalvos *et du* Myrmedon [1]. *Giovanni Pascoli est un collègue ; il professe à l'université de Bologne ; consentira-t-il à donner la réponse attendue? Le 19 mars 1909, Saussure adresse à Pascoli une lettre courtoise et prudente, où il énonce en termes généraux le problème qui le préoccupe. Nous en extrayons le passage suivant :*

Ayant eu à m'occuper de la poésie latine moderne à propos de la versification latine en général, je me suis trouvé plus d'une fois devant le problème suivant, auquel je ne pouvais donner de réponse certaine : — Certains détails techniques qui semblent observés dans la versification de quelques modernes sont-ils chez eux purement fortuits, ou sont-ils *voulus*, et appliqués de manière consciente?

Entre tous ceux qui se sont signalés de nos jours par des œuvres de poésie latine, et qui pourraient par conséquent m'éclairer, il y en a bien peu qui puissent passer pour avoir donné des modèles aussi parfaits que les vôtres, et chez qui l'on sente aussi nettement la continuation d'une très pure tradition. C'est la raison qui fait que je n'ai pu hésiter à m'adresser particulièrement à vous, et qui doit me servir d'excuse dans la liberté très grande que je prends.

Au cas où vous seriez gracieusement disposé à recevoir le détail de mes questions, j'aurais l'honneur de vous envoyer ce détail par une prochaine lettre.

1. Ms. fr. 3969.

La réponse de Pascoli, à ce jour, n'a pas été retrouvée dans les archives de F. de Saussure. Cette réponse a été sans doute assez accueillante pour que Saussure s'aventure, le 6 avril 1909, à écrire plus amplement. Mais, à en juger par les termes mêmes de sa lettre, il a dû recevoir d'emblée assez peu d'éléments encourageants.

Deux ou trois exemples suffiront pour vous mettre au fait de la question qui s'est posée devant mon esprit, et en même temps pour vous permettre une réponse générale, car si c'est le hasard seul qui est en jeu dans ces quelques exemples, il en résulte avec certitude qu'il en est de même dans tous les autres. Par avance je crois assez probable, si je puis en juger d'après quelques mots de votre lettre, qu'il doit s'agir de simples coïncidences fortuites :

1. Est-ce par hasard ou avec intention que dans un passage comme Catullocalvos p. 16, le nom de *Falerni* se trouve entouré de mots qui reproduisent les syllabes de ce nom

... | *facundi calices hausere - alterni* |
    FA   AL   ER   ALERNI

2. Ibidem p. 18, est-ce encore par hasard que les syllabes d'*Ulixes* semblent cherchées dans une suite de mots comme

| *Urbium simul* | *Undique pepulit lux umbras .. resides*
U-----   UL U------------ULI---X-------S-----S--ES

ainsi que celles de *Circe* dans

| *Cicuresque* | ...
CI -R- CE

ou | *Comes est itineris illi cerva pede* |...

[...]

Comme je le disais, ces exemples suffisent, quoique simplement choisis dans la masse. Il y a quelque chose de décevant dans le problème qu'ils posent, parce que le nombre des exemples ne peut pas servir à vérifier l'intention qui a pu présider à la chose. Au contraire, plus le nombre des exemples devient considérable, plus il y a lieu de penser que c'est le jeu naturel des chances sur les 24 lettres de l'alphabet qui doit produire ces coïncidences quasi régulièrement. Comme le calcul des probabilités à cet égard exigerait le talent d'un mathématicien exercé, j'ai trouvé plus court, et plus sûr, de m'adresser à la personne par excellence qui pourra me renseigner sur la valeur à attacher à ces rencontres de sons. Grâce à la promesse si obligeante que vous avez bien voulu me faire, je ne tarderai pas à être fixé, mieux que par aucun calcul, sur ce point.

Giovanni Pascoli laissa cette seconde lettre sans réponse : c'est du moins ce qu'assure aujourd'hui un élève (M. Léopold Gautier) que Saussure avait associé à sa recherche. Le silence du poète italien ayant été interprété comme un signe de désaveu, l'enquête sur les anagrammes fut interrompue [1].

Dans la recherche des hypogrammes, Ferdinand de Saussure se livre à cette activité de « redistribution » d'éléments « préfabriqués », que Claude Lévi-Strauss a analysée sous le nom de bricolage. « Regardons [le bricoleur] à l'œuvre : excité par son projet, sa première démarche pratique est pourtant rétrospective : il doit se retourner vers un ensemble déjà constitué, formé d'outils et de matériaux ; en faire, ou en refaire, l'inventaire ; enfin et surtout, engager avec lui une sorte de dialogue, pour répertorier, avant de choisir entre elles, les réponses possibles que l'ensemble peut offrir au problème qu'il lui pose [2]. *» La pensée mythique bricole au moyen d'images préexistantes. Ici, le linguiste en vient à supposer que les poètes composent leurs vers à la façon dont la pensée mythique (selon Lévi-Strauss) compose son système d'images. Mais c'est finalement le linguiste qui se prend au piège du procédé qu'il attribue au poète. Faute de pouvoir prouver la réalité du bricolage phonique pratiqué (suppose-t-il) par le poète, il multiplie les analyses qui,*

1. Les lettres à Pascoli ont été publiées par Giuseppe Nava dans les *Cahiers Ferdinand de Saussure*, n⁰ 24.

2. *La Pensée sauvage* (Paris, 1962), p. 28.

elles, sont à coup sûr du bricolage : qu'il s'y prenne à revers du
sens qui aurait dû être celui de la composition n'y change rien.
L'analyse ne prétend que faire en sens inverse le chemin suivi par
le travail du poète. Elle est l'image renversée de cette méthode
(supposée) de la création poétique. Et le matériel phonique se
prête docilement à cette sollicitation.

Ainsi une succession asyndète de noms et de paradigmes courrait
sous le discours poétique, comme les piliers d'un pont soutiennent
le manteau qui repose sur eux. Cette comparaison, pour être exacte,
doit encore postuler que les piliers et le manteau sont formés de la
même matière.

Ainsi, le message poétique (qui est « fait de parole ») ne se cons-
tituerait pas seulement avec des mots empruntés à la langue,
mais encore sur des noms ou des mots donnés un à un : le message
poétique apparaît alors comme le luxe inutile de l'hypogramme.

Ainsi, l'on en vient à cette conclusion, implicite dans toute la
recherche de Ferdinand de Saussure, que les mots de l'œuvre sont
issus d'autres mots antécédents, et qu'ils ne sont pas directement
choisis par la conscience formatrice.

La question étant : qu'y a-t-il immédiatement derrière le vers?
la réponse n'est pas : le sujet créateur, mais : le mot inducteur.
Non que Ferdinand de Saussure aille jusqu'à effacer le rôle de la
subjectivité de l'artiste : il lui semble toutefois qu'elle ne peut
produire son texte qu'après passage par un pré-texte.

Analyser les vers dans leur genèse, ce ne sera donc pas remonter
immédiatement à une intention psychologique : il faudra d'abord
mettre en évidence une latence verbale sous les mots du poème.
Derrière les mots prodigués par le discours poétique, il y a le
mot. L'hypogramme est un hypokeimenon verbal : c'est un
subjectum ou une substantia qui contient à l'état de germe la
possibilité du poème. Celui-ci n'est que la chance développée
d'un vocable simple. Vocable certes choisi par le poète, mais choisi
comme un ensemble de puissances et de servitudes conjointes.

Peut-être y a-t-il, dans cette théorie, un désir délibéré d'éluder tout
problème relatif à une conscience créatrice. La poésie n'étant pas
seulement ce qui se réalise dans les mots, mais ce qui prend naissance

à partir *des mots, elle échappe donc à l'arbitraire de la conscience pour ne plus dépendre que d'une sorte de légalité linguistique.*

Certes, Ferdinand de Saussure n'universalise pas son hypothèse : elle ne concerne que l'ancienne tradition indo-européenne, et plus particulièrement la versification latine. C'est là seulement que l'œuvre poétique est variation phonique sur une donnée non point « sentimentale », mais verbale. Et Ferdinand de Saussure est prêt à laisser au poète le choix *du donné verbal, et le* pouvoir *de la variation. La théorie des hypogrammes tolère donc une certaine limitation : elle n'a pas la prétention de définir l'essence de la création poétique. Le lecteur aura d'ailleurs noté au passage que Ferdinand de Saussure n'hésite pas à tenir pour* déplorable *la règle du jeu imposée par l'hypogramme aux poètes latins.*

A mesure qu'il progressait dans son enquête sur les hypogrammes, Ferdinand de Saussure se montrait capable de lire toujours plus de noms dissimulés sous un seul vers. Quatre sous un seul vers de Johnson ! Mais eût-il continué, c'eût été bientôt la marée : des vagues et des vagues de noms possibles auraient pu se former sous son œil exercé. Est-ce le vertige d'une erreur ? C'est aussi découvrir cette vérité toute simple : que le langage est ressource infinie, et que derrière chaque phrase se dissimule la rumeur multiple dont elle s'est détachée pour s'isoler devant nous dans son individualité.

Il faut ici le répéter : tout discours est un ensemble *qui se prête au prélèvement d'un sous-ensemble : celui-ci peut être interprété : a) comme le contenu latent ou l'infrastructure de l'ensemble ; b) comme l'antécédent de l'ensemble.*

Ceci conduit à se demander si, réciproquement, tout discours ayant provisoirement le statut d'ensemble ne peut pas être regardé comme le sous-ensemble d'une « totalité » encore non reconnue. Tout texte englobe, et est englobé. Tout texte est un produit productif.

Saussure s'est-il trompé ? S'est-il laissé fasciner par un mirage ? Les anagrammes ressemblent-ils à ces visages qu'on lit dans les taches d'encre ? Mais peut-être la seule erreur de Saussure est-elle d'avoir si nettement posé l'alternative entre « effet de hasard » et « *procédé conscient* ». *En l'occurrence, pourquoi ne pas congédier aussi bien le hasard que la conscience ? Pourquoi ne verrait-on pas dans l'anagramme un aspect du* processus *de la parole, — processus ni purement fortuit ni pleinement conscient ? Pourquoi n'existerait-il pas une itération, une palilalie génératrices, qui projetteraient et redoubleraient dans le discours les matériaux d'une première parole à la fois non prononcée et non tue ? Faute d'être une règle* conscient*e, l'anagramme peut néanmoins être considérée comme une* régularité *(ou une loi) où l'arbitraire du mot-thème se confie à la nécessité d'un processus.*

L'erreur de Ferdinand de Saussure (si erreur il y a) aura aussi été une leçon exemplaire. Il nous aura appris combien il est difficile, pour le critique, d'éviter de prendre sa propre trouvaille pour la règle suivie par le poète. Le critique, ayant cru faire une découverte, se résigne mal à accepter que le poète n'ait pas consciemment ou inconsciemment voulu *ce que l'analyse ne fait que* supposer. *Il se résigne mal à rester seul avec sa découverte. Il veut la faire partager au poète. Mais le poète, ayant dit tout ce qu'il avait à dire, reste étrangement muet. Toutes les hypothèses peuvent se succéder à son sujet : il n'acquiesce ni ne refuse.*

Échos

*Antoine Meillet, l'un des rares confidents (avec Charles Bally)
de la recherche des anagrammes, ouvre Horace au hasard, et lit :
il est frappé par le phénomène anagrammatique, et, dans une
carte postale du 10 février 1908, communique à Saussure sa découverte, en se contentant de souligner :*

Cher maître et ami,
Merci de votre aimable réponse.
Horace, Odes IV, 2 (*Pindarus* et Antoni)

Pindarum quisquis studet / *aemulari,* /
Iulle, ceratis ope Daedalea
Nititur *pin*Nis, vitreo *daturus*
Nomina p*onto*.

Tout le groupement de p est frappant et l'enchevêtre-
ment de Pindarus et Antoni.
Trouvé en ouvrant le texte *exactement au hasard* [1].

*Mais pourquoi s'en tenir au latin? Ouvrons, nous aussi, un texte —
mais un texte français — au hasard : les* Mémoires d'outre-tombe.

---

1. Ms. fr. 3964. La carte de Meillet est glissée dans un cahier à couverture
de toile bleu clair portant la date *25 janv.* et intitulé : *Carm. Epigr.* 2° *Sénèque*
3° *Horace Martial Ovide.*

« *Lucile et moi nous nous étions inut*iles » *n'est rien de plus qu'une homophonie. Plus bas cependant, dans le même portrait de Lucile* (1ʳᵉ *partie, livre* 3, 7) :

Tout *lu*i était sou*ci*, chagrin, b*l*essure

LU----------CI------------LE

Et dans Le Vieux Saltimbanque *de Baudelaire* :

Je sent*i*s ma gorge *s*errée par la main *ter*r*i*ble de l'hystérie.

HY-----------S------------------ TERIE

Tout se passe comme si le mot final avait fourni d'avance la trame conductrice des mots antécédents, l'hystérie apparaissant en plein jour après s'être annoncée, diffusément, à la fois par ses effets physiologiques (au niveau du signifié) et par ses phonèmes constitutifs (au niveau du signifiant).

On évoquera aussi les vers du Cimetière marin :

La mer, la mer toujours recommencée!
O récompense après une pensée [...]

Le second vers est construit sur l'imitation phonique de recommencée [1].

Saussure donnait presque chaque année, sous le titre général de Phonologie *un cours libellé :* « La versification française; étude de ses lois du* XVIᵉ *siècle à nos jours. » Aucun indice, dans les cahiers d'anagrammes, ne prête à croire qu'il songeait à inclure la poésie française dans sa recherche.*

Une lettre de Meillet à Saussure, datée du 7 février (sans millésime) ne manque pas d'intérêt :

Sur les faits relativement troubles qu'apporte le saturnien, j'avais été déjà très frappé par la netteté des coïncidences. Avec les précisions nouvelles que vous apportez, il me semble qu'on aura peine à nier la doctrine en son ensemble. On pourra naturellement épiloguer sur telle

1. Mentionné dans un article de Charles Rosen, « Art has its Reasons » (*The New York Review of Books*, June 17, 1971).

ou telle anagramme; mais sur l'ensemble de la théorie, je ne crois pas.

Je vois bien qu'on aura un doute pour ainsi dire *a priori*. Mais il tient à notre conception moderne d'un art rationaliste. Je ne sais si une thèse d'ici sur l'*Esthétique de Bach*, par André Pirro, vous est tombée sous les yeux. On y voit bien comment des préoccupations tout aussi puériles en apparence que celle de l'anagramme obsèdent Sébastien Bach, et ne l'empêchent pas d'écrire une musique fortement expressive, mais bien plutôt le guident dans le travail de la forme expressive [1].

Il n'était pas inopportun de rappeler l'art de Bach, et ses marches de basse dont les notes-lettres successives construisent une signature ou un hommage. La méthode de composition de Raymond Roussel (remarquablement analysée dans un livre de Michel Foucault [2]) se fût prêtée elle aussi à cette forme d'investigation... Mais il faut généraliser : Ferdinand de Saussure interprète la poésie classique comme un art combinatoire, dont les structures développées sont tributaires d'éléments simples, de données élémentaires que la règle du jeu oblige tout ensemble à conserver et à transformer. Seulement il se trouve que tout langage est combinaison, sans même qu'intervienne l'intention explicite de pratiquer un art combinatoire. Les déchiffreurs, qu'ils soient cabalistes ou phonéticiens, ont le champ libre : une lecture symbolique ou numérique, ou systématiquement

1. Ms. fr. 3957/3 (lettres reçues par Ferdinand de Saussure), 3 p. Extrait. On y trouve aussi une incitation à publier, à laquelle Saussure, plus exigeant, fit la sourde oreille : « *Puisque vous avez maintenant la preuve définitive, il me semble qu'il serait urgent de ne pas retarder la publication de votre idée. Si la chose est indiquée par une personne qui ne sait pas voir les choses dans leur ensemble et leur logique, tout sera gâché. Il faut donc que vous émettiez la doctrine, avec ses preuves essentielles. Cela renouvelle singulièrement la conception qu'on se fait.* »

2. Michel Foucault, *Raymond Roussel*, Gallimard, 1963. Divers travaux récents de Roman Jakobson, et plus particulièrement *Shakespeare's verbal Art* (en collaboration avec Lawrence C. Jones), Mouton, 1970, font expressément appel à la notion saussurienne de l'hypogramme.

attentive à un aspect partiel, peut toujours faire exister un fond latent, un secret dissimulé, un langage sous le langage. Et s'il n'y avait pas de chiffre? Resteraient cet interminable appel du secret, cette attente de la découverte, ces pas égarés dans le labyrinthe de l'exégèse.

DU MÊME AUTEUR

L'ŒIL VIVANT.
L'ŒIL VIVANT, II : LA RELATION CRITIQUE.
J.-J. ROUSSEAU : LA TRANSPARENCE ET L'OBSTACLE.

Chez d'autres éditeurs

MONTESQUIEU PAR LUI-MÊME.
L'INVENTION DE LA LIBERTÉ.
PORTRAIT DE L'ARTISTE EN SALTIMBANQUE.

A paraître chez Gallimard

L'ŒIL VIVANT, III.
L'ENCRE DE LA MÉLANCOLIE.

EDWARD DE CAPOULET-JUNAC : *L'Ordonnateur des pompes nuptiales.*
MICHEL CHAILLOU : *Jonathamour.*
MICHEL CHAILLOU : *Collège Vaserman.*
CLAUDE MICHEL CLUNY : *Désordres.*
FRANÇOISE COLLIN : *Maurice Blanchot et la question de l'écriture.*
FRANÇOIS COUPRY : *La Promenade cassée.*
FRANÇOIS COUPRY : *Les Autocoincés.*
MICHEL DEGUY : *Fragment du cadastre.*
MICHEL DEGUY : *Poèmes de la presqu'île.*
MICHEL DEGUY : *Actes.*
MICHEL DEGUY : *Figurations.*
BERNARD DELVAILLE : *La saison perdue.*
JEAN DEMÉLIER : *Gens de la rue.*
HENRI-PIERRE DENIS : *Quelques nouvelles de Jessica.*
JEAN-PIERRE FAYE : *Couleurs pliées.*
CLAUDE FESSAGUET : *Le Bénéfice du doute.*
MICHEL FOUCAULT : *Raymond Roussel.*
PIERRE GUYOTAT : *Tombeau pour 500 000 soldats.*
PIERRE GUYOTAT : *Éden, Éden, Éden.*
LOUISE HERLIN : *Le Versant contraire.*
LUDOVIC JANVIER : *La Baigneuse.*
ALAIN JOUFFROY : *Un rêve plus long que la nuit.*
STÉPHEN JOURDAIN : *Cette vie m'aime.*
PIERRE KLOSSOWSKI : *Les Lois de l'hospitalité.*
PASCAL LAINÉ : *B. comme Barabbas.*
PASCAL LAINÉ : *L'Irrévolution.*
ROGER LAPORTE : *La Veille.*
ROGER LAPORTE : *Une voix de fin silence.*
ROGER LAPORTE : *Une voix de fin silence, II. Pourquoi?*
ROGER LAPORTE : *Fugue.*
J.M.G. LE CLÉZIO : *Le Procès-verbal.*
J.M.G. LE CLÉZIO : *La Fièvre.*
J.M.G. LE CLÉZIO : *L'Extase matérielle.*
J.M.G. LE CLÉZIO : *Le Livre des fuites.*
J.M.G. LE CLÉZIO : *La Guerre.*
CHRISTIAN LIGER : *Les Noces de Psyché.*
HENRI MESCHONNIC : *Pour la poétique.*
FRANÇOIS-MARIE MONNET : *La Succession.*
ROGER MUNIER : *Contre l'image.*
CLAUDE OLLIER : *Navettes.*
GEORGES PERROS : *Papiers collés.*
GEORGES PERROS : *Poèmes bleus.*
GEORGES PERROS : *Une vie ordinaire.*
ANDRÉ PIEYRE DE MANDIARGUES : *Porte dévergondée.*

ANDRÉ PIEYRE DE MANDIARGUES : *Mascarets.*
RENÉ PONS : *L'Après-midi.*
RENÉ PONS : *Couleur de cendre.*
DOMINIQUE PROY : *L'Envahie.*
NICOLE QUENTIN-MAURER : *Portrait de Raphaël.*
JACQUES RÉDA : *Amen.*
JACQUES RÉDA : *Récitatif.*
YVES RÉGNIER : *La Main sur l'épaule.*
YVES RÉGNIER : *La Barrette.*
PATRICK REUMAUX : *La jeune fille qui ressemblait à un cygne.*
PATRICK REUMAUX : *Ailleurs au monde.*
PATRICK REUMAUX : *Les fleurs se taisent.*
JEAN RICARDOU : *Révolutions minuscules.*
JEAN RISTAT : *Du coup d'État en littérature.*
GABRIELLE ROLIN : *Le Secret des autres.*
JEAN ROUDAUT : *Michel Butor ou le Livre futur.*
JEAN ROUDAUT : *Trois Villes orientées.*
JEAN ROUDAUT : *La Chambre.*
JEAN-PHILIPPE SALABREUIL : *La Liberté des feuilles.*
JEAN-PHILIPPE SALABREUIL : *Juste retour d'abîme.*
JEAN-PHILIPPE SALABREUIL : *L'Inespéré.*
REMI SANTERRE : *L'Écart.*
BERNARD SAVOY : *La Fuite.*
JACQUES SERGUINE : *Les Fils de rois.*
JACQUES SERGUINE : *Les abois*
FRANÇOIS SOLESMES : *Les Hanches étroites.*
JEAN STAROBINSKI : *L'Œil vivant.*
JEAN STAROBINSKI : *La Relation critique.*
JUDE STEFAN : *Cyprès.*
JUDE STEFAN : *Libères.*
CLAUDE SYLVAIN : *Un dimanche à la campagne.*
BERNARD TEYSSÈDRE : *Foi de fol.*
MICHELINE TISON BRAUN : *Nathalie Sarraute ou la recherche de l'authenticité.*
JEAN-LOUP TRASSARD : *L'Érosion intérieure.*
JEAN-LOUP TRASSARD : *Paroles de laine.*
JEAN-PAUL WEBER : *L'Orient extrême.*

ACHEVÉ D'IMPRIMER
LE 10 NOVEMBRE 1971
IMPRIMERIE FIRMIN-DIDOT
PARIS - MESNIL - IVRY

Imprimé en France
N° d'édition : 16145
Dépôt légal : 4ᵉ trimestre 1971. — 7861